CASA DE MUÑECAS

Henrik Ibsen

Título: Casa de muñecas
Título original: *Et dukkehjem*
Autor: Henrik Ibsen

© Edimat Libros, SA
C/ Primavera, 10, nave 35
28500 Arganda del Rey
Madrid-España
www.edimat.es

Traducción: Cesión editorial Ramón Sopena
Introducción: Rocío Pizarro
Diseño de cubierta: Karakachoff Estudio
Ilustración de cubierta: Andrés Nancul para Karakachoff Estudio

ISBN: 978-84-9794-702-2
Depósito Legal: M-24809-2025

Impreso en China - *Printed in China*

INTRODUCCIÓN

Henrik Johan Ibsen nació en 1828 en el puerto de Skien, Noruega. Su padre, un próspero comerciante, se arruinó al poco tiempo de nacer su hijo, por lo que el pequeño conoció desde pequeño la dureza de una vida miserable y sin recursos, abandonando sus estudios sin haberlos finalizado. De 1844 a 1849 trabajó como mancebo en una farmacia de Grimstad. Después de esta experiencia pensó que la medicina podría ser una alternativa laboral y se marchó a Cristianía para ingresar en la universidad de medicina, donde permaneció un solo año. Año desaprovechado para la medicina, pero que aprovechó para escribir su primera comedia, *Catilina,* y comprometerse en la redacción de otra, *El túmulo del héroe* (1854). Ese mismo año fue nombrado ayudante de dirección en el Norske Theater de Bergen, localidad en la que conoció a Susana, hija de un clérigo, con la que se casó en 1858. En Bergen escribió varias comedias románticas, sin ningún interés especial a excepción de *La señora Inge de Ostraat,* concebida en 1855. En 1857 se hizo cargo de la dirección artística de un pequeño teatro de Cristianía hasta 1862, que perdió su puesto. Después de este lamentable suceso, Ibsen, desesperado y sin dinero, se vio obligado a vivir en condiciones miserables durante algunos meses; finalmente logró una pensión estatal que le ayudó a vivir con cierta dignidad.

En 1864, cansado, resentido y lleno de amargura abandona su país, alojándose primero en Italia y después en Alemania. La salida de su país le servirá para forjarse una idea muy distinta de Europa. Un continente vibrante, convulso y de intensa actividad, que se alejaba de la libertad metafísica del romanticismo y acogía paulatinamente la libertad científica, encabezada por Marx y Engels. Una Europa, con varias revoluciones fracasadas y un intento tonificante de vida y libertad, que representó *La Comuna* de París.

Durante su estancia en Italia, Ibsen concebirá dos vástagos producto del simbolismo poético, dos obras de importancia capital: *Peer Gynt* y *Brand*. Sobre esta última, Harold Bloom, en *El canon occidental*, nos recuerda:

> Los críticos generalmente se ponen de acuerdo en que la primera obra canónica de Ibsen es la violenta Brand, escrita en Italia en 1865, cuando el dramaturgo tenía treinta y siete años. Más incluso que Peer Gynt, que fue la siguiente, Brand parece una obra para el teatro de la mente, y no para el real.

Y respecto a la espléndida *Peer Gynt* nos aclara:

> Mucho más que el Fausto de Goethe (a quien Ibsen admiraba enormemente), Peer es el personaje literario del siglo XIX que posee la grandeza de los grandes personajes de la imaginación renacentista. Dickens, Tolstoi, Stendhal, Hugo, incluso Balzac no cuentan con ninguna figura tan exuberante, extravagante y vitalista como Peer Gynt. De buen principio, parece un candidato poco apropiado para tal eminencia: ¿Qué es, nos decimos, sino un revoltoso muchacho noruego maravillosamente atractivo para las mujeres (en su juventud), una especie de falso poeta, un narcisista, un absurdo idólatra de sí mismo, un mentiroso, seductor, jactancioso e iluso? Pero esto es una mezquina moralización, demasiado parecida a ese coro de eruditos que echan pestes de Falstaff. Cierto, Peer, contrariamente a Falstaff, no posee un gran ingenio (aunque puede ser muy divertido). Pero en el sentido bíblico del Yahvista, Peer el pícaro extiende una Bendición: más vida.

Peer Gynt y *Brand*, dos dramas inolvidables, que marcarían el comienzo de una espléndida carrera como dramaturgo. En Italia, también, toma apuntes para lo que en principio se llamaría *Una tragicomedia moderna*, que con el tiempo se convertiría en *Casa de muñecas*. Obra inscrita en lo que se ha dado en llamar etapa de madurez, origen de una modernidad escénica que llega hasta nuestros días. Ibsen sustituye las acciones superfluas, excesivas y artificiosas, de los dramas posrománticos, en las que supuestamente ocurrían muchas cosas, por una acción caracterizada por la economía, la insinuación, en la que prevalece el efecto psicológico de los personajes. Una exposición, muchas veces sugerida y sutil, de un mundo interno, profundo y complejo, aprehendido en su forma poética y simbólica.

La etapa más productiva de nuestro autor transcurre entre Roma y la ciudad alemana de Múnich, o en los períodos en los que visita su tierra natal, donde ya es recibido como un hombre de talento y un gran dramaturgo. Entre 1879 y 1884 salen a la luz cuatro de las obras de madurez más conocidas por el gran público, entre las cuales se encuentra la obra que estudiamos; las otras son: *Espectros, Un enemigo del pueblo* y *Pato salvaje*. Obras que representaron la puesta boca abajo de la concepción tradicional del teatro. Un verdadero vendaval de aire fresco y renovador, que halló sus detractores y sus más fieles seguidores.

En 1892, Ibsen regresa definitivamente a Cristianía. En 1905 recibe el Premio Nobel de Literatura, premio que tuvo que compartir con Björnson. Un año después, muere.

CASA DE MUÑECAS

Nora y su marido Helmer dialogan:

NORA. *(...)* Quiero pensar por lo pronto en educarme a mí misma. No eres tú hombre a propósito para facilitarme ese trabajo. Debo emprenderlo sola, y por esa razón voy a dejarte.

HELMER. *(Brincado en su asiento).* ¿Qué estás diciendo?

NORA. Me hace falta la soledad para darme cuenta de mí misma y de cuanto me rodea. Así que no puedo quedarme contigo.

(...)

HELMER. ¡Has perdido el juicio! No tienes derecho a irte. Te lo prohíbo.

NORA. En adelante tú no puedes prohibirme nada. Me llevo todo lo mío. De ti no quiero guardar nada, ni ahora ni nunca.

Alguien podría pensar, al leer el precedente extracto sacado de un diálogo de una pieza teatral, que se trata de un fragmento de una obra concebida a partir de mediados del siglo XX, por la *modernidad* y lo revolucionario del contenido, contenido, que incluso, hoy en día, muchas mujeres, que se puedan encontrar sometidas, no se atreven a gritar a sus maridos o padres intransigentes y despóticos. Sorprendentemente, este fragmento pertenece a *Casa de muñecas,* escrita en 1879, por Henrik Ibsen. Podemos imaginar la revolución que esta obra supuso, en una sociedad, la del siglo XIX, fuertemente marcada por una moralidad en la que la obediencia y la sumisión femenina formaban parte de sus preceptos y no sólo de ellos sino de lo que la gente entendía por sentido común. Pocos años antes afirmaba el moralizante Alejandro Dumas hijo que *la mujer es un ser circunscrito, pasivo, instrumental, disponible, en perpetua expectativa. Es la única obra inacabada que Dios ha permitido al hombre tomar por su cuenta y terminarla (...) La naturaleza y la sociedad, pues, han estado de acuerdo y siempre lo estarán, sean cuales fueren las vinculaciones de la mujer, en que ésta debe estar sujeta al hombre. El hombre es el medio de Dios. La mujer es el medio del hombre.*

Ibsen liberó a la mujer de finales del siglo XIX, impeliéndola a romper las cadenas de sumisión y protección paternalista de la figura del padre y del marido. Un huracán que vapuleó los teatros de toda Europa, sin posibilidad ya de volver a las antiguas estructuras, ni a los antiguos contenidos. Ibsen hizo de sus personajes femeninos heroínas de voluntad y pensamiento independiente, dejando, tras ellas, la devastación de todo lo reaccionario y establecido. La moral burguesa se pone en cuestión y se siente amenazada, por la elección de un camino de libertad individual. Nora se deshace de su *traje máscara,* que ha vestido durante toda su vida, primero en casa de su padre y después en su propia casa con su marido. Un *traje máscara,* cuyos componentes conllevan un olvido de sí misma en aras de la armonía familiar, destinada a complacer a su marido y a mantenerla a ella aparentemente satisfecha en su condición de *muñeca,* pero nunca realmente feliz. Nora, capaz de amar sobre todas las cosas a su marido, al verse traicionada por el amor de éste, convencional y condicionado, decide volcar todo su amor y fuerza hacia sí misma, emprendiendo un camino de introspección y búsqueda de su identidad como ser independiente, en un acto de valor que la empuja a abandonarlo todo y comenzar desde la nada, consigo misma como única base. El acto realizado por Nora no quiebra sólo el ámbito privado y familiar, sino que ataca a toda una sociedad adormecida en la seguridad de un esquema familiar. —*Te lo prohíbo*—, ordena el marido indignado ante la decisión de abandonar el domicilio familiar. Un marido, estereotipo de esa época y todavía de la nuestra en menor medida. A Nora no le está permitido decidir sobre su destino, esa responsabilidad le atañe, única y exclusivamente, al esposo. Pero Ibsen comprende, desde una modernidad de pensamiento inusitada para la época, que la mujer no es un apéndice del varón, sino un ser humano muy capaz de defender su independencia y su libertad. La mujer de Ibsen busca el reconocimiento como ser humano autónomo, que desea liberarse de los convencionalismos sociales y morales.

La complejidad de los personajes de *Casa de muñecas,* reside en su pluridimensionalidad. Éstos nunca son lo que parecen, paulatinamente se va desplegando ante nosotros, como si de una alfombra se tratase, una diferente y cambiante perspectiva de cada uno de los personajes. Cada uno de ellos se mantiene, en principio, en suspenso, sobre un hilo invisible, dejándose adivinar una caída a un espacio profundo y oscuro. Con los datos proporcionados al inicio de la obra, por el autor, el lector se mantiene a una cierta distancia con respecto a los componentes que conforman la obra, sin posibilidad de un acercamiento sentimental. El lector o espectador no sabe muy bien ante que se halla, hay una incertidumbre que te abre un camino hacia un acontecimiento de ruptura. Un malestar que te anuncia que toda esa plástica felicidad se va a ver quebrada en el centro mismo de su base. La incertidumbre va creciendo a medida que los personajes se van mostrando en su desarrollarse, transidos de una realidad casi insultante, mostrando su carnalidad por medio del desvelamiento de secretos ocultos por el tiempo. Todos y cada uno de los personajes implicados en la trama nos va a sorprender de una manera o de otra, ya sea por su comportamiento o por la revelación de una parte de su pasado en la que va implícita una forma de ser, que podrá ser modificada o no por los acontecimientos presentes o futuros. Por lo tanto, nos vamos adentrando en un mundo psicológico y en una atmósfera de comportamientos marcadamente complejos y sorprendentes. Tomemos como ejemplo a *Helmer*. Aparentemente se presenta en escena como la encarnación de un marido ideal cariñoso, atento, protector y trabajador, sin embargo, existe un elemento desconcertante en su configuración, armado de una artificiosidad impenetrable, que no se alcanza muy bien a comprender, por parte del espectador-lector, de dónde proviene. Tras un análisis detallado se observa que forma parte de una estrategia seguida por el autor para mantener desde el comienzo una desazón en el espectador-lector, creando así con el conjunto de personajes-misterio, un ambiente proclive al chocante y poderoso desenlace. Helmer, amante de su familia y hombre de principios, pero nunca del todo convincente, se desarrolla en la acción como ser íntegro y seguro de sus convicciones, para culminar mostrándose como un hombre influido hasta el ridículo por las apariencias sociales, dispuesto a quebrantar la supuesta armonía familiar, por mantener intacta su imagen externa. Helmer reacciona ante un acto puro de amor, por parte de su mujer, de manera cobarde y débil, disfrazando de entereza moral lo que es servidumbre ante unas convenciones sociales que van a poner en peligro su matrimonio. Helmer pasa de ser un personaje desconcertantemente entero y recto, a ser un ser servil y miserable. Helmer, ciego ante el amor verdadero que le profesa su mujer, antepone su próspero porvenir, unido indisolublemente a una imagen social impecable, a la felicidad conyugal. Helmer se lanza contra Nora en un acto de egoísmo e injusticia brutal. Nora, para no perjudicar a su esposo, toma la decisión de abandonar el domicilio familiar e ir en busca del fatal desenlace.

HELMER. Acabas de destruir mi felicidad, de aniquilar todo mi porvenir. No puedo pensarlo sin estremecerme. (...) De suerte que puedo quedar reducido a la nada, hundirme hasta el fondo por la ligereza de una mujer.

NORA. Cuando yo haya abandonado el mundo, estarás libre.

HELMER. ¡Ah!, déjate de frases huecas. También tenía tu padre una buena provisión de ellas. ¿De qué me serviría que abandonaras este mundo, según dices? De nada. A pesar de eso podría trascender la cosa, y, en tal caso, quizá se sospecharía de mí (...) Es tan increíble todo esto, que no vuelvo de mi asombro. Pero hay que afrontarlo. Quítate ese chal. ¡Te digo que te lo quites! (...) Y, por lo que concierne a nuestro hogar, no debe parecer que haya cambiado nada entre nosotros. Por supuesto que sólo en apariencia. Continuarás, pues, viviendo aquí, ni que decir tiene. Pero te estará privado educar a los niños..., pues no me determino a confiártelos (...) En lo sucesivo no hay que hablar ya de felicidad, sino simplemente salvar restos, despojos, exterioridades (...).

Salvar restos, despojos, exterioridades es por lo único que parece estar realmente preocupado este marido ejemplar. No le importa navegar en un mar cuajado de tiburones, sobre una balsa construida en la mentira, mientras en ella pueda llevar, ante los demás, sus apariencias a resguardo. Un hombre que se nos había mostrado íntegro y de principios rectos, al que ahora, sometido a la gran prueba, no le importa el hecho en sí realizado por su esposa, ya sea entendido éste como un acto «criminal» o como un acto, independientemente de su enjuiciamiento moral, creado a partir de un verdadero acto de amor, sino que únicamente pretende poner a buen recaudo sus *exterioridades*.

Este giro en la conducta del personaje, que no sólo sorprende al espectador-lector, sino que también coge de sorpresa a su esposa Nora, va a provocar la magnífica transformación de esta última. Nora, «feliz esposa», ama a su marido por encima de todas las cosas. Una mujer que siempre se ha mantenido en una burbuja, ya representada por el hogar paterno o por el domicilio conyugal, de la cual sólo se ha atrevido a salir sin permiso para salvar la vida de su marido, justificada por el amor infinito que le unía a él. Un acto de salvación que ha mantenido siempre oculto, incluso a su propio marido, por miedo a no ser del todo comprendida. Cuando este secreto sale a la luz, la reacción de Helmer incide de manera tan profunda en su esposa que ésta da un vuelco radical a su perspectiva como personaje y ello a toda la obra, poniendo de manifiesto la cuestionabilidad de todo lo establecido. Nora deja de ser la esposa dulce, sumisa, infantil, inocente y frágil para convertirse en una mujer madura, segura de sí misma y fuerte, con una voluntad de poder e independencia que resultan, incluso hoy en día, provocadores. Nora, resuelta a abandonar a su marido, a sus hijos y a la Nora que ha sido hasta entonces, entra como un huracán en las conciencias de los aborregados espectadores del siglo XIX. Una mujer dispuesta a empezar de la nada, abandonando todo lo conocido y lanzándose valientemente hacia lo desconocido. Dispuesta a realizar un verdadero ejercicio de conocimiento de sí, arriesgándose a sí misma. Nora deja de amar ante la imposibilidad de amar a un ser mezquino, que no sabe amar más allá de lo aparente, incapaz por tanto de quererse a sí mismo, y por ende, a los demás.

Nora sufre una transformación esencial, en la que se descubre a sí misma como ser independiente que ha estado recluido en una *Casa de muñecas,* sin vida propia, siendo manipulada por su marido.

NORA. Quiero decir que de las manos de papá he pasado a las tuyas. Lo arreglabas todo a tu gusto, del cual participaba yo o lo simulaba, no lo sé a ciencia cierta; tal vez lo uno y lo otro, mitad por mitad. Al echar ahora una mirada atrás, se me figura que he vivido de las piruetas que hacía para divertirte, Torvaldo. Por eso te satisfacía. (...)

HELMER. Eres absurda, Nora, absurda e ingrata. ¿No has sido feliz aquí?

NORA. Jamás. He creído serlo; pero no lo he sido nunca.

HELMER. ¿Qué no has... no has sido feliz?

NORA. No; he estado alegre, y todo se reduce a eso. Tú te mostrabas amable conmigo; pero no suponía nuestro hogar más que un salón de recreo. He sido muñeca mujer en tu casa, como en casa de papá había sido muñeca niña. Y a su vez han sido muñecos míos nuestros hijos. (...)

Nora se da cuenta del engaño que ha supuesto toda su vida, un engaño que comenzó ya de niña en la casa de su padre y continuó, por el mismo camino, en la convivencia con su cónyuge. Nora ha sido educada en la obediencia al hombre. Se siente como una marioneta cuyos hilos han estado siempre manejados por su padre o por su marido. Nunca ha podido ser ella misma. Nora es consciente de que para hallar su propio camino ha de deshacerse de todo el lastre que supone todo aquello que la rodea.

NORA. Me hace falta la soledad para darme cuenta de mí misma y de cuanto me rodea. Así que no puedo quedarme contigo *(a Helmer)*.

Nora exige una igualdad que siempre le ha sido denegada, una igualdad que muy poca gente podrá comprender, pero que ella siente como componente integrante de su dignidad como ser humano. Nora demanda un reconocimiento, que es el reconocimiento que toda mujer necesita para constituirse como tal.

NORA. (...) Creo que, ante todo, soy un ser humano, igual que tú..., o, cuando menos, debo intentar serlo. Sé que la mayoría de los hombres te dará la razón, Torvaldo, y es que están impresas en los libros ideas tales. Pero ya no puedo pararme a pensar en lo que dicen los hombres ni en lo que se imprime en los libros. Es menester que por mí misma opine sobre el particular, y que procure darme cuenta de todo.

Nora propone un planteamiento individual de reflexión y redescubrimiento de lo dado, ante una moral que se transmite para una comunidad que no ha de plantearse lo transmitido, sino acatarlo y ponerlo en práctica. Esta mujer revoluciona el mundo de lo impuesto e incuestionable, ataca la transmisión común en pos de un individualismo que dignifique a la persona. Por ello, Nora escoge un camino en solitario para poder establecer una distancia y poder obtener un juicio justo sobre aquello que le ha sido impuesto.

Abandonar todo aquello que la rodea no sólo incluye a su familia, sino que también es necesario el alejamiento de una sociedad a la que hay que someter a cuestión y verificar si sus normas cumplen alguna función o son sólo el resabio de algo obsoleto y ya dañino.

HELMER. Hablas como una niña, sin comprender nada de la sociedad de que formas parte.

NORA. No, no comprendo nada de eso. Pero quiero lograrlo y cerciorarme de quién de las dos tiene razón, si la sociedad o yo.

No hay posibilidad de compatibilidad entre lo que desea Nora y las pesadas cadenas impuestas por la sociedad. Nora se enfrenta a su destino familiar. Como una heroína clásica, se enfrenta a lo aparentemente inexorable, atrayendo tras de sí una tragedia que no es tal, puesto que ella marcha hacia un futuro incierto, pero libre y el sentimiento trágico que produce su ruptura con lo anterior es falso y superficial, puesto que en esa fractura puede residir la felicidad de la protagonista. *Casa de muñecas* no es un drama, aunque posea todos los ingredientes para ello, por el contrario, es una obra contundente que entraña el mejor final que podría encontrar una mujer como Nora. Una vez más, nos encontramos ante el juego engañoso de las apariencias, un drama que no lo es.

Casa de muñecas rompe, en todas sus dimensiones, las apariencias. Las coge por la solapa y las vapulea de tal manera que las quiebra y las invierte. Los esquemas creados en un principio se desvanecen, las apariencias se muestran como tal. Los personajes de Nora y Helmer sufren una inversión, el primero pasa de la fragilidad a la fortaleza y el segundo, de la seguridad al desamparo. El resto de los personajes también padece una forma de cambio, a veces de inversión, otras, sin embargo, de viraje sorprendente. El personaje de Krogstad, que al principio nos resulta en cierto modo repulsivo e incómodo, se nos aparece, al final, como un ser humano, demasiado humano. Un personaje clave para la tragedia que elude en un quiebro magistral esa responsabilidad, dejándosela sorprendentemente a Helmer, al que nunca hubiéramos supuesto culpable de nada. Las cosas no son nunca lo que parecen en *Casa de muñecas*. Las relaciones entre los diferentes personajes también se muestran engañosas y falaces. La relación entre Helmer y el doctor parece en apariencia más profunda que la existente entre Nora y este último, pero el desarrollo de la trama nos irá desvelando que entre el doctor y Nora se ha creado un vínculo tan profundo que su relación con Helmer queda relegada a un segundo plano. Una relación que como los propios personajes varía hacia una dirección diferente. Veamos ahora una relación del funcionamiento de las diferentes relaciones que se dan en este sistema tan complejo:

NORA–HELMER.   Son marido y mujer, sin embargo, su relación se asemeja más a la de un padre con su hija, que cumple la misión de educador y guía. Helmer indica en todo momento lo que su infantil esposa debe hacer. Se revela como un hipócrita, capaz de todo, con tal de guardar las apariencias. Helmer busca el orden y cree que la mentira lo corrompe y lo destruye. La relación de Helmer hacia Nora no posee una base afectiva, sino que radica en el hecho mismo de la obediencia. Si su esposa obedece, el orden se mantiene, si ésta se muestra rebelde, el orden establecido queda quebrantado y su relación se desvanece. La relación entre Nora y Helmer transcurre por el sendero de la mera formalidad y de la cortesía, cuya base se halla ubicada en el absoluto vacío. Este vacío vertebra toda la obra, un inmenso hueco que sostiene los pilares de toda una sociedad. Nora bucea en la desmesurada soledad de un mar creado por otros y que ella ha aceptado por la inercia de una educación impuesta. Nora se descubre a sí misma como una mujer vacía y frustrada, a la que han coartado su libertad y su derecho a ser persona. La única decisión tomada de manera independiente por ella, en la que está implícita una decisión de carácter económico para salvar la vida de su marido, la conduce a la destrucción de su hogar, que a un mismo tiempo significa el cese de su esclavitud. Desde el principio de la obra, el dinero aparece como un elemento reconciliador y salvador, que en el fondo lleva a la destrucción. Los reembolsos y transacciones económicas son un móvil que hila una conjunción de elementos relevantes para el conjunto de la obra. Existe una glorificación encubierta del plano económico-mercantil, que va desde el ámbito económico a uno de índole espiritual, que conlleva aromas emanados de los preceptos calvinistas. Nora aparece por primera vez en escena cargada de regalos y *tarareando alegremente,* al entrar su esposo en la escena ella ha de esconder un cucurucho de almendras para que éste no la regañe por comerlas, inmediatamente comienza una conversación por el dinero gastado por Nora. Ésta, generosa y relajada, se contrapone al carácter de su marido, controlador y crítico. Su filosofía es *nada de deudas y ningún préstamo.* El tema del dinero surge, ya, en los primeros minutos de la pieza. Otro elemento a tener en cuenta es la presencia de la carta como componente trágico que comunica acontecimientos inesperados. Lectura de misivas en el escenario que, al igual que en Shakespeare, añaden un signo de mayor amargura o dramatismo.

NORA–SEÑORA LINDE. Amigas desde la infancia, se reencuentran después de muchos años. La señora Linde busca la ayuda de su antigua amiga, una ayuda meramente laboral, puesto que el esposo de ésta —Helmer— ha sido nombrado director de banco. La señora Linde, infeliz y desesperada, espera poder ocupar su tiempo trabajando para no tener tiempo para pensar en sí misma. Ésta se nos muestra como una persona humilde y sencilla que intenta ayudar a su amiga Nora. La señora Linde, como el resto de los personajes, también revelará una parte de su pasado que influirá de manera indirecta en el desenlace final, y que por tanto influirá en el destino de Nora, pero esto lo reservamos para su relación con Krogstad. La señora Linde aconseja a Nora para que confíe a su esposo el secreto, que como tal, piensa que puede destruir su relación.

NORA–KROGSTAD. Krogstad chantajea a Nora, ya que ésta le pidió dinero prestado para poder salvar a su marido, falsificando ilegalmente la firma del padre de Nora, sin la cual no hubiera podido obtener la cantidad solicitada. Ahora, Krogstad, que trabaja en el banco en el cual han ascendido como director a Helmer, sabiendo que Nora ha falsificado la firma y viendo peligrar su puesto, exige a Nora que interceda por él, sabiendo que Helmer le odia por su oscuro pasado y su imagen de hombre deshonesto. Nora se encuentra entre la espada y la pared, puesto que su marido se niega a mantenerle dentro de la plantilla del banco. Krogstad amenaza a Nora con una carta en la que cuenta a su marido el secreto que ella le oculta. En este momento es cuando el espectador-lector comienza a ver el camino del peligro de lo que él supone para la felicidad familiar.

SEÑORA LINDE–KROGSTAD. Mantuvieron una relación amorosa en el pasado que terminó bruscamente, ya que ella decidió casarse con otro de mejor posición, puesto que tenía una familia a la que mantener. La señora Linde va a ocupar el puesto de Krogstad en el banco. La señora Linde, deseosa de ocuparse de alguien que no sea ella misma, le resarcirá pidiéndole que retomen su vieja historia de amor, haciendo de él un hombre feliz, hallando en el cariño una solución a todos sus problemas. He aquí la trasformación de un personaje hostil y vengativo en un ser caritativo y comprensivo, un giro repentino que deja un poco extrañado al espectador escéptico, un cambio cargado de connotaciones morales.

SEÑORA LINDE. Si no he comprendido mal hace poco, suponía usted que yo habría podido salvarle.

KROGSTAD. Estoy seguro.

SEÑORA LINDE. ¿No cabe una reparación?

KROGSTAD. ¡Cristina! ¿Ha reflexionado bien? Sí, lo veo en su rostro. ¿De modo que tendría usted valor?

SEÑORA LINDE. Necesito a alguien a quien servir de madre, y a los hijos de usted les hace falta una. Tengo fe en lo que late en su fondo, Krogstad..., y con usted nada me infundirá miedo.

KROGSTAD. *(Asiéndole las manos)*. Gracias, Cristina... Ahora sabré rehabilitarme...

NORA–DOCTOR RANK. En principio es una relación amistosa, puesto que él es el mejor amigo de su marido y pasa mucho tiempo en casa. Finalmente él le confiesa a ella su amor platónico. Pronto nos damos cuenta de que la relación entre el doctor Rank y Nora es más profunda, sin que hayan mantenido relaciones amorosas, que la existente entre ella y su marido. Una relación que se ha basado en la amistad y el respeto mutuo. El doctor Rank, temeroso ante su inminente muerte, confía a su buena amiga el pavor que le causa el pronto olvido y la sustitución de su figura por la de la recién llegada señora Linde.

El deseo de aferrarse a la vida aunque sea en la forma del recuerdo. Un ser que desea ser querido y siente una profunda necesidad de amar.

El doctor Rank es el encargado de verbalizar, antes que la propia Nora, su condición de mascota-muñeco, como se puede comprobar en el siguiente diálogo después de haber asistido a un baile de disfraces:

NORA. *(Dirigiéndose al doctor Rank)*. Vamos a ver: ¿Qué disfraz luciremos la próxima vez usted y yo? (...)

DOCTOR RANK. ¿Usted y yo? Voy a decírselo: usted irá de mascota.

HELMER. Muy oportuno; pero has de encontrar un traje de mascota favorecedor.

DOCTOR RANK. Bastará que se muestre tu mujer tal y como la vemos a diario.

El doctor Rank conoce desde siempre el vínculo que existe entre el matrimonio, por ello, bajo la sombra de la amargura de su pronta muerte, se atreve a pronunciar esas palabras tan duras.

HELMER–DOCTOR RANK. Es una relación en la que no llegamos nunca a profundizar del todo, sabemos que son amigos, pero nos desconciertan ciertas afirmaciones sobre el doctor realizadas por Helmer, principalmente, cómo trata este último el tema de la muerte del doctor. Rank. Al recibir la noticia su reacción es fría y casi despreocupada, no sabemos si debido a una profunda y meditada relación con la muerte en sí o debida a su falta de afecto por éste. Inmediatamente después de conocer el triste acontecimiento, cambia rápidamente de tema y se centra en su esposa, olvidando el esterilizado duelo mostrado.

HELMER–SEÑORA LINDE. Se trata de una relación puramente formal y de cortesía. No se establece ningún vínculo especial entre ellos.

NORA–HIJOS. El espectador observa una relación de actitud muy cariñosa entre ellos, pero éstos forman parte de la mentira y el vacío que el marido ha propiciado sobre sus vidas, por ello Nora toma la drástica determinación de, aun queriéndoles con todo el corazón, abandonarlos. Nora sabe que en el camino que ha escogido las decisiones han de ser taxativas y sin lugar para los sentimientos.

Como hemos podido comprobar en el análisis psicosemiótico de las diferentes relaciones, nada es lo que parece y lo que es, casi siempre cambia. Ibsen nos presenta un mundo de niebla en el que aparecen y se desvanecen bajo formas distintas los habitantes fantasmas, que sólo ante una posición de voluntad individual, y de posicionamiento y cuestionamiento de lo ya establecido, se transforman en seres reales y libres.

El peso del pasado, como elemento transformador del presente y del futuro, se hace patente a lo largo de toda la obra. Un pasado revelado que actúa como agente perturbador, y a veces, también, esclarecedor. La trama presente se halla íntimamente ligada a lo acaecido en el pasado, es una acción que no se desarrolla plenamente hacia el futuro, sino que éste se encuentra profundamente ligado a lo pretérito. Un pasado que extiende sus garras, capturando, haciendo casi imposible la creación de un espacio en el que escapar. Las consecuencias te alcanzan de manera inexorable y en tus manos reside qué hacer con ellas. Nora adopta la posición de enfrentamiento, la del fuerte; su marido, sin embargo, queda atrapado y aniquilado por un esquema pasado creado por él mismo, bajo las directrices de la batuta social.

La lectura de las obras de Ibsen nos vacían de inquietud, nos dejan en un estado tal de expectación temblorosa que se produce un paréntesis para todo lo demás. Parte de esta inquietud se basa en la existencia de un conjunto de símbolos y claves, trufados entre los personajes y las situaciones por ellos creadas, que nos sugiere la gran influencia de dramaturgos de la talla de Shakespeare o Calderón, y es en parte lo que consigue que hoy en día le consideremos un clásico. Este aspecto mistérico le proporcionó una considerable cantidad de críticas en contra, críticas provenientes de un público acostumbrado al teatro clásico, ejemplo de *claridad*. Un crítico de la época finalizaba una reseña sobre una obra de nuestro autor de la siguiente manera:

El público va al teatro a conmoverse o a reír; no a descifrar acertijos.

Esos símbolos, a los que el simplón crítico se refería, son los que otorgan a la trama y a los personajes una profundidad y una complejidad que hace posible la tridimensionalidad psicológica de estos últimos. Símbolos que emanan riqueza, proporcionando al discurso la complejidad de varios planos semióticos. Pero no todos los símbolos utilizados por Ibsen son de naturaleza insondable y compleja, como pretendían hacernos creer los críticos de la época, algunos de ellos son de índole infantil, incluso podríamos decir básicos, como hemos visto en el ejemplo anteriormente citado, en el que se hablaba del disfraz de mascota, o como podemos encontrar en su obra *El pato salvaje,* al querer referirse a la *ceguera social* de la época:

Mira, padre, cómo juegan a la gallina ciega los chambelanes con la señora Soerby.

Ibsen dota de una complejidad psicológica a todos y cada uno de sus personajes. Le gusta profundizar en el lado oscuro, buscando captar la esencia del ser humano y haciendo ver que esa parte soterrada es parte de la esencia misma. Ibsen excava el terreno pantanoso del ser humano, es un desenterrador de lo tenebroso.

Ibsen, defensor del género femenino, sabe que la mujer del siglo XIX no puede desarrollarse plenamente en el seno de una sociedad machista. Cuando nuestro dramaturgo tomaba notas para la obra que estamos analizando, estaba muy interesado en dejar clara la situación en la que se hallaba la mujer de su época:

Una mujer no puede ser ella misma en la sociedad actual, que es una sociedad exclusivamente masculina, con leyes forjadas por el hombre...

La galería de mujeres ibsenianas representa la exposición de un victimario compuesto por *muñecas* sojuzgadas. Un plantel de *mascotas* sometidas a unas leyes creadas por y para el hombre. El personaje de la señora Alving de la obra *Espectros* se lamenta en una ocasión de la educación recibida en su condición de mujer:

Me habían inculcado enseñanzas en las cuales no existían más que obligaciones.

Ibsen, consciente de la situación lamentable en la que se encuentra la mujer, denuncia y exige libertad para ella, una libertad que debe empezar por ser proclamada y gritada por la propia mujer. Por ello, es Nora quien se libera, aun no teniendo el beneplácito de su marido. El acto de liberación ha de ser un acto de voluntad autónoma y reafirmación de la propia identidad.

La grandeza de Ibsen como dramaturgo reside, al igual que en otros geniales autores, en la capacidad de dotar a un personaje de más vida de la que él mismo posee, como ya señalara Harold Bloom en su *Canon occidental.*

En las obras o en los poemas dramáticos de Goethe no hay nadie como Brand, Peer Gynt, el emperador Juliano, Hedda Gabler, Solness. Seres demoniacos o sobrenaturales, están intensamente henchidos de vida, una panoplia shakesperiana de personajes sin rival en la literatura moderna.

Sólo añadiría un matiz a esta observación, la presencia de Nora en el conjunto de personajes, que no sobrenaturales, pero sí poderosos y henchidos de vida.

CRONOLOGÍA

1828 Nace Ibsen en Skien. Wöhler: síntesis de la urea.

1829 Goethe: *Los años de viaje de W. Meister.* Rossini: *Guillermo Tell.*

1830 Francia: revolución de julio. Stendahl: *El rojo y el negro.* Comte: *Curso de filosofía positiva.*

1831 Muere Hegel (n. 1770). Henry: motor eléctrico. Darwin da la vuelta al mundo.

1832 Goethe: *Fausto* (segunda parte); muerte (n. 1749).

1833 Faraday: electrólisis.

1834 Nace Degas.

1836 Inglaterra: el cartismo. Gogol: *El inspector general.*

1837 Inglaterra: reinado de Victoria. Morse: telégrafo.

1839 Daguerre: fotografía. Nace Cézanne.

1840 Proudhon: *¿Qué es la propiedad?*

1843 Comienza a trabajar como mancebo en una botica de Grimstad. En esta localidad compone sus primeras obras poéticas.

1844 Nace Verlaine.

1845 Wagner: *Tannhäuser.*

1846 Morton: anestesia mediante éter.

1847 Inglaterra: Ley Disraeli. Protegiendo a las madres trabajadoras se limita a diez horas la jornada laboral de la mujer.

1848 Revoluciones en Europa. Marx-Engels: *Manifiesto del Partido Comunista.*

1850 Ibsen se traslada a vivir a Cristianía. Escribe su primer drama, *Catilina,* publicado con el pseudónimo de Brynjulf Bjarne. Obra apasionada que es rechazada por el teatro de Cristianía. Colabora en varios periódicos y compone un drama corto, *El lecho del gigante.* Wagner: *Lohengrin.* Tennyson: *In memoriam.* Dickens: *David Copperfield.*

1851 Es nombrado director de escena en el Teatro Nacional de Bergen, puesto que ocupará hasta 1857. Arthur Schopenhauer: *Parerga y Paralipómena.* Herman Melville: *Moby Dick.* E. Gaskell: *Cranford.* Isaac Singer: máquina de coser. Primera Exposición Universal.

1852 Dickens: *Casa desolada.* Nace Antonio Gaudí.

1853 *La noche de San Juan.* Nace Van Gogh.

1854 *La señora de Ostraat.* Muere Shelling (n. 1775). Dickens: *Tiempos difíciles.*

1855 *La fiesta en Solhaug.* Spencer: *Principios de psicología.*

1856 *Olaf Liliekrans.* Nace Menéndez Pelayo. Karl Fuhltrott: descubrimiento del hombre de Neandertal.

1857 Ibsen es nombrado director artístico del Teatro de Cristianía. Inglaterra entra en guerra con China. Baudelaire: *Las flores del mal.* Flaubert: *Madame Bovary.*

1858 Ibsen contrae matrimonio con Susana Daae Thoresen. Publica *Los héroes de Heliogoland.* Dickens: *Historia de dos ciudades.*

1859 Darwin. *El origen de las especies.* Marx: *Para una crítica de la economía política.* Stuart Mill: *Sobre la libertad.*

1860 Nace Mahler. Dickens: *Grandes esperanzas.*

1862 Ibsen compone *La comedia del amor*, una dura sátira contra el concepto de matrimonio que posee la gente rural, lo que provoca una fuerte polémica. Victor Hugo: *Los miserables*. Nace Debussy.

1863 *Los pretendientes de la corona.*

1864 Abandona su país. J. H. Newman: *Apologia pro Vita Sua.*

1865 Lewis Carroll: *Alicia en el país de las maravillas*. Abolición de la esclavitud en EE. UU. Mendel: leyes de la herencia genética. Wagner: *Tristán e Isolda*. Bernard: *Introducción al estudio de la medicina experimental*. Asesinato de Lincoln. Fin de la guerra civil en Norteamérica.

1866 Escribe *Brand*. Nace H.G. Wells. Swinburne: *Poemas y baladas*. Fundación del Ku-Klux-Klan.

1867 *Peer Gynt*. Marx: *El Capital, vol. 1*. Siemens inventa la dinamo, Alfred Nobel la dinamita y Monier el cemento armado. Inglaterra inicia la expedición a Abisinia.

1868 Garibaldi, con sus camisas rojas intenta, sin lograrlo, la conquista de Roma. Ibsen abandona la ciudad y parte a Dresde, ciudad en la que estrena *La unión de los jóvenes*. Collins: *La piedra lunar*.

1869 Mendeleiev: sistema periódico de los elementos. Canal de Suez. Tolstoi: *Guerra y paz.*

1870 Muerte de Dickens (n. 1812). Concilio Vaticano: infalibilidad del papa. Ardigó: *La psicología como ciencia positiva*. Schliemann encuentra Troya.

1871 Ibsen publica diversos poemas. Darwin: *El origen del hombre*. Garibaldi conquista Roma y se culmina la unidad italiana. G. Eliot: *Middlemarch*. Proclamación de la Comuna de París.

1872 Nace Pío Baroja.

1873 *El emperador y los galileos*. Drama histórico. Rimbaud: *Una temporada en el infierno.*

1874 Whistler: *Retrato de Miss Alexander*. Wundt: Elementos de psicología fisiológica.

1875 Ibsen trabaja alternativamente en Múnich y Roma intercalando pequeños viajes a Escandinavia.

1877 *Los puntales de la sociedad.* Edison: fonógrafo y micrófono.

1878 Edison: lámpara eléctrica.

1879 Ibsen: *Casa de muñecas.* Meredith: *El egoísta.* Pasteur: principio de la vacuna.

1880 Dostoyevsky: *Los hermanos Karamazov.*

1881 *Espectros.* Nietzsche: *Aurora.* James: *Retrato de una dama.*

1882 *Un enemigo del pueblo.* La primera mujer es admitida en una universidad como estudiante. El hecho se produce en la Universidad de Cristianía en Noruega. Koch descubre el bacilo de la tuberculosis.

1883 Nietzsche: *Así habló Zaratustra.* Maxim: invención de la ametralladora. Nace Ortega y Gasset.

1884 *El pato salvaje.* Inglaterra: reforma electoral.

1885 Zola: *Germinal.* Daimler-Benz: automóvil.

1886 *Rosmersholm.*

1887 Verdi: *Otelo.*

1888 *La señora del mar.*

1890 *Hedda Gabler.* James: *Principios de psicología.* Avenarius: *Crítica de la experiencia pura.* Oscar Wilde: *El retrato de Dorian Gray.* Muerte de Van Gogh (n. 1853).

1891 León XIII. *Rerum Novarum.* Descubrimiento del hombre de Java *(Pithecanthropus erectus).*

1892 Ibsen regresa definitivamente a Cristianía. *El arquitecto Solness.*

1894 *El pequeño Eyolf.*

1896 *Juan Gabriel Borkmann.*

1899 Ibsen asiste a la inauguración oficial de su estatua ante el Neatro Nacional.

1905 Ibsen obtiene el Premio Nobel de Literatura, que comparte con Björnst.

1906 Ibsen muere en Cristianía.

CASA DE MUÑECAS

PERSONAJES

HELMER, abogado.

NORA, esposa de Helmer.

IVAR
BOB } Hijos de Helmer y de Nora.
EMMY

EL DOCTOR RANK.

CRISTINA, amiga de Nora.

KROGSTAD, abogado.

MARIANA, aya de los hijos de Helmer.

ELENA, doncella de los Helmer.

UN MOZO DE CUERDA.

* * *

La acción en Noruega, en casa de los señores Helmer.
Época actual.
Derecha e izquierda las del actor.

ACTO PRIMERO

Sala decentemente amueblada, pero sin lujo. Al fondo, dos puertas practicables que conducen, la de la derecha, a la antecámara, y, la de la izquierda, al despacho de Helmer.—A la izquierda, en primer término, ventana practicable, y, en segundo término, puerta practicable.—A la derecha, en primer término, una chimenea, y, en segundo término, puerta practicable.—Entre las dos puertas del fondo un piano.—A la izquierda, cerca de la ventana, un velador, un sillón y un pequeño diván.—A la derecha, entre la chimenea y la puerta, una mesa pequeña, y, a ambos lados de la chimenea, varias butacas.—Un mueble con vajilla, un armario lleno de libros lujosamente encuadernados, grabados, y algunos objetos de arte convenientemente distribuidos, completan el decorado de la escena, que debe estar alfombrada.—Es un día frío de invierno, y en la chimenea arde un buen fuego.

ESCENA PRIMERA

Nora, Elena y un mozo de cuerda.
Después Helmer

(Al levantarse el telón, suena un campanillazo en la antecámara. Elena, que se encuentra sola, poniendo en orden los muebles, se apresura a abrir la puerta derecha del fondo, por donde entra Nora, en traje de calle y con varios paquetes, seguida de un mozo con un árbol de Navidad y una cesta.—Nora tararea mientras coloca los paquetes sobre la mesa de la derecha.—El mozo entrega a Elena el árbol de Navidad y la cesta).

NORA.   Esconde bien el árbol de Navidad, Elena. Los niños no deben verlo hasta la noche, cuando esté arreglado. *(Al mozo, sacando el portamonedas).* ¿Cuánto le debo?

EL MOZO.   Cincuenta céntimos.

NORA.   Tome una corona. Lo que sobra para usted. *(El mozo saluda y vase. Nora cierra la puerta. Continúa sonriendo alegremente mientras se despoja del sombrero y del abrigo. Después saca del bolsillo un cucurucho de almendras y come dos o tres, se acerca de puntillas a la puerta izquierda del fondo y escucha).* ¡Ah! Está en el despacho. *(Vuelve a tararear, y se dirige a la mesa de la derecha).*

HELMER.   *(Dentro).* ¿Es mi alondra la que gorjea?

NORA.   *(Abriendo paquetes).* Sí.

HELMER.   ¿Es mi ardilla la que bulle?

NORA.   ¡Sí!

HELMER.   ¿Hace mucho tiempo que ha venido la ardilla?

NORA.   Acabo de llegar. *(Guarda el cucurucho de confites en el bolsillo y se limpia la boca).* Ven aquí, Torvaldo; mira las compras que he hecho.

HELMER.   No me interrumpas. *(Poco después abre la puerta y aparece con la pluma en la mano, mirando en todas direcciones).* ¿Comprado, dices? ¿Todo eso? ¿Otra vez ha encontrado la niñita modo de gastar dinero?

NORA.   ¡Pero, Torvaldo! Este año podemos hacer algunos gastos más. Es la primera Navidad en que no nos vemos obligados a andar con escaseces.

HELMER.   Sí... pero tampoco podemos derrochar...

NORA.   Un poco, Torvaldo, un poquitín, ¿no? Ahora que vas a cobrar un sueldo crecido, y que ganarás mucho, mucho dinero...

HELMER.   Sí, a partir de Año Nuevo; pero pasará un trimestre antes de percibir nada.

NORA.   ¿Y eso qué importa? Mientras tanto se pide prestado.

HELMER.   ¡Nora! *(Acércase a Nora, a quien de broma agarra de una oreja).* ¡Siempre esa ligereza! Suponte que pido prestadas hoy mil coronas, que tú las gastas durante las pascuas de Navidad, que la víspera de Año Nuevo me cae una teja en la cabeza, y que...

NORA. *(Poniéndole la mano en la boca).* Cállate, y no digas esas cosas.

HELMER. Pero figúrate que ocurriese. ¿Y entonces?

NORA. Si sucediera tal cosa... me daría lo mismo tener deudas que no tenerlas.

HELMER. ¿Y las personas que me hubieran prestado el dinero?

NORA. ¿Quién piensa en ellas? Son personas extrañas.

HELMER. Nora, Nora, eres una verdadera mujer. En serio, mujer, ya sabes mis ideas respecto a este punto. Nada de deudas; nada de préstamos. En la casa que depende de deudas y de préstamos se introduce una especie de esclavitud, cierta cosa de mal cariz que previene. Hasta ahora nos hemos hecho firmes, y seguiremos haciendo otro tanto durante el poco tiempo de prueba que nos queda.

NORA. *(Acercándose a la chimenea).* Bien, como tú quieras, Torvaldo.

HELMER. *(Siguiéndola).* Vamos, vamos, la alondra no debe andar alicaída. ¿Qué? ¿Ahora salimos con que la ardilla tuerce el gesto? *(Abre su portamonedas).* Nora, ¿qué dirás que tengo aquí?

NORA. *(Volviéndose con rapidez).* Dinero.

HELMER. Mira. *(Entregándole algunos billetes).* ¡Dios mío! Hay muchos gastos en una casa cuando se acerca Navidad.

NORA. *(Contando).* Diez, veinte, treinta, cuarenta. ¡Gracias, Torvaldo! Con esto ya tengo para ir tirando.

HELMER. No habrá más remedio.

NORA. Se hará así, descuida. Pero ven aquí. Voy a enseñarte todo lo que he comprado, y ¡tan barato! Mira: un traje nuevo para Ivar y un sable; un caballo con una trompeta para Bob, y una muñeca con una cama para Emmy —de lo más ordinario, porque enseguida lo rompe—. Y aquí, delantales y telas para las muchachas. La buena Mariana merecía mucho más que esto, pero...

HELMER. Y en ese paquete, ¿qué hay?

NORA. *(Profiriendo un ligero grito).* No, Torvaldo, eso no lo verás hasta la noche.

HELMER. Bien, bien. Pero dime, manirrotita, ¿qué te gustaría a ti?

NORA. ¡Bah! ¿Me cuido para nada de mí?

HELMER. Lo creeré, si te empeñas. Vamos, dime algo que te tiente, una cosa razonable.

NORA. Realmente... no sé. Y eso que... oye, Torvaldo...

HELMER. Veamos.

NORA. *(Jugueteando con los botones de la americana de Helmer; pero sin mirarlo).* Si estás decidido a regalarme algo, podrías... podrías...

HELMER. Vamos, acaba.

NORA. *(De un tirón).* Podrías darme dinero, Torvaldo. ¡Oh!, poca cosa, aquello de que puedas disponer, con eso me compraría alguna cosa.

HELMER. Pero, Nora...

NORA. ¡Vaya, que sí! ¿Lo vas a hacer, Torvaldito? Te lo ruego. Colgaré el dinero del árbol envuelto en un papel dorado muy bonito. ¿No hará buen efecto?

HELMER. ¿Cómo se llama el pájaro que está despilfarrando siempre?

NORA. Sí, sí, el estornino, ya lo sé. Pero haz lo que te digo, Torvaldo; así tendré tiempo para pensar en algo útil. ¿No es lo más razonable, di?

HELMER. *(Sonriendo).* Si supieras emplear el dinero que te doy y comprar efectivamente alguna cosa, sí; pero desaparece en la casa, se evapora en mil pequeñeces, y luego tengo que volver a aflojar la bolsa.

NORA.   ¡Qué cosas tienes, Torvaldo!...

HELMER.   Es la pura verdad, Norita mía. *(Le rodea la cintura con un brazo)*. El estornino es muy precioso, pero necesita tanto dinero... ¡Es increíble lo que le cuesta a un hombre poseer un estornino!

NORA.   ¡Anda! ¿Cómo te atreves a decir eso? Yo ahorro cuanto puedo, como ésta es luz.

HELMER.   ¡Oh!, eso es indudable. Todo lo que puedes, sólo que no puedes nada.

NORA.   *(Tarareando y sonriendo alegremente)*. ¡Si supieras tú cuántos gastos tenemos las alondras y ardillas!

HELMER.   Eres una criatura original. Lo mismo que tu padre, quien lleno de celo y de voluntad se afanaba para ganar dinero, y a ti, como él, tan pronto como lo tienes, se te escurre de las manos y no sabes nunca a dónde va a parar. En fin, hay que tomarte como eres. Sí, sí, Nora, esas cosas son hereditarias, indudablemente.

NORA.   Bien quisiera haber heredado muchas cualidades de papá.

HELMER.   Yo te quiero como eres, querida alondra. *(Pausa)*. Pero oye; te encuentro hoy no sé cómo... Tienes una cara así... un poco sospechosa.

NORA.   ¿Yo?

HELMER.   Sí, tú. Mírame bien a los ojos. *(Nora mira a Helmer)*. ¿Habrá hecho esta locuela alguna escapatoria a la ciudad?

NORA.   No. ¿Por qué dices eso?

HELMER.   ¿De veras no ha metido la nariz de golosa en la confitería?

NORA.   No, te lo aseguro, Torvaldo.

HELMER.   ¿No ha olido siquiera los dulces?

NORA. Ni pensarlo.

HELMER. ¿No ha mascullado dos o tres almendras?

NORA. ¡Que no! Torvaldo, te digo que no.

HELMER. Bien, mujer, bien; te lo digo en broma.

NORA. *(Acercándose a la mesa de la derecha).* Ni por sueños podría ocurrírseme hacer nada que te desagrade. Puedes estar bien seguro.

HELMER. No, si lo sé. ¿No me lo has prometido?... *(Aproximándose a Nora).* Vamos, guárdate tus misterios de Navidad, que nosotros ya lo sabremos esta noche cuando se descubra el árbol.

NORA. ¿Has pensado en invitar a comer al doctor Rank?

HELMER. No, ni hace falta; puesto que ya lo sabe. Sin embargo, lo invitaré cuando venga. He encargado buen vino. Nora; no puedes tú figurarte la alegría y los deseos que tengo de que llegue la noche.

NORA. Lo mismo me pasa a mí. ¡Y qué alegría la que van a tener los niños, Torvaldo!

HELMER. ¡Ah! Es una delicia pensar que se ha llegado a una situación estable, asegurada, y se dispone con holgura de cuanto se necesita. ¿No es verdad? Es una dicha inmensa pensarlo.

NORA. ¡Oh! Es maravilloso. Parece un sueño.

HELMER. ¿Te acuerdas de la última Navidad? Tres semanas antes, te encerrabas todas las noches hasta más de las doce, a hacer flores para el árbol de Navidad y a prepararnos otras mil sorpresas... ¡Uf! Es la época más aburrida de que me acuerdo.

NORA. Pues yo no me aburría.

HELMER. *(Sonriendo).* Sin embargo, el resultado fue bastante deplorable, Nora.

NORA. ¡Bueno! ¿Todavía vas a hacerme rabiar con eso? ¿Tengo yo la culpa de que entrara el gato y lo hiciese trizas todo?

HELMER. ¡Claro que no, Norita! ¿Cómo habías tú de tener la culpa? Tú tenías los mejores deseos de que nos divirtiéramos todos, y eso es lo esencial. Pero bueno es que hayan pasado aquellos malos tiempos.

NORA. Es verdad; todavía no estoy bien convencida; ¡parece un sueño!

HELMER. Ahora ya no me aburriré encerrado a solas, ni tú tendrás que atormentar tus hermosos ojos y tus lindas manitas.

NORA. *(Batiendo palmas).* No, ¿verdad que no, Torvaldo? ¡Qué gusto, Dios mío! *(Agarra del brazo a Helmer).* Ahora voy a decirte cómo he pensado que nos arreglemos, después de que pasen Navidades... *(Se oye llamar).* Llaman. *(Arregla las butacas).* Vendrá alguien. ¡Qué fastidio!

HELMER. *(Disponiéndose para entrar en el despacho).* Si es una visita, acuérdate de que no estoy para nadie.

ESCENA II

Dichos y Elena

ELENA. *(Desde la puerta de entrada).* Señorita, una señora desea verla a usted.

NORA. Que pase.

ELENA. *(A Helmer).* También ha venido el señor doctor.

HELMER. ¿Ha pasado a mi despacho?

ELENA. Sí, señor. *(Helmer entra en el despacho. La doncella hace pasar a Cristina y después cierra la puerta).*

ESCENA III

Cristina y Nora

CRISTINA. *(En traje de viaje. Tímidamente, con alguna perplejidad).* ¡Buenos días, Nora!

NORA. *(Indecisa).* Buenos días...

CRISTINA. ¿No me conoces?

NORA. Efectivamente... no sé... ¡Ah! sí, me parece... *(Lanzando una exclamación).* ¡Cristina! ¿Eres tú?

CRISTINA. Sí, la misma.

NORA. ¡Cristina! ¡Y no te conocía! ¿Quién había de...? *(Más bajo).* ¡Has cambiado tanto!

CRISTINA. Es verdad. Como ya hace nueve... diez años cumplidos...

NORA. ¿De veras hace tanto tiempo que no nos hemos visto? Sí..., sí, eso es. ¡Oh! Estos ocho años últimos ¡qué época tan feliz! ¡Si supieses!... ¿Conque te tenemos aquí? ¿Has hecho un viaje tan largo en pleno invierno? Se necesita tener valor.

CRISTINA. Pues ya lo ves; he llegado en el vapor esta mañana.

NORA. Para pasar las Pascuas, naturalmente. ¡Qué alegría! ¡Bien nos vamos a divertir! Pero quítate el abrigo. No tendrás frío, ¿eh? *(Ayuda a Cristina a quitarse el abrigo).* ¡Ajajá! Ahora nos sentaremos junto a la chimenea cómodamente. Pero no, siéntate en esa butaca; yo en la mecedora; es mi sitio. *(Le estrecha las manos).* Pues así, ahora ya veo tu simpática cara... pero, al pronto... sabes... Sin embargo, estás un poco más pálida, Cristina... y así... algo más delgada también.

CRISTINA. He envejecido mucho, mucho.

NORA. Sí, un poquito, un poquitín quizá... pero no mucho. *(Se detiene de repente, y añade en tono serio).* ¡Oh! ¡qué loca soy! Estoy aquí cotorreando mientras que... Mi querida y buena Cristina, ¿me perdonas?

CRISTINA. ¿Qué quieres decir, Nora?

NORA. *(Con dulzura).* ¡Pobre Cristina! Te has quedado viuda.

CRISTINA. Sí, hace tres años.

NORA.   Lo sabía; lo leí en los periódicos. ¡Oh! Cristina, puedes creerme, pensé muchas veces escribirte entonces... pero lo iba dejando de un día para otro, y luego siempre había algún impedimento.

CRISTINA.   Eso no me sorprende.

NORA.   Pues está muy mal hecho. ¡Pobre amiga! ¡Por qué trances has debido de pasar! ¿No te ha quedado con qué vivir?

CRISTINA.   No.

NORA.   ¿E hijos?

CRISTINA.   Tampoco.

NORA.   ¿Nada, entonces?

CRISTINA.   Nada; ni siquiera duelo en el corazón, ni una de esas penas que absorben.

NORA.   *(Con mirada de incredulidad).* A ver, a ver, Cristina. ¿Cómo puede ser eso?

CRISTINA.   *(Sonriendo amargamente y alisándose el cabello con la mano).* Eso ocurre con frecuencia, Nora.

NORA.   Sola en el mundo. ¡Qué pena debe de ser para ti! Yo tengo tres chicos hermosos. Ahora no puedes verlos, porque han salido con el aya. Vamos, cuéntamelo todo.

CRISTINA.   Después; primero, tú.

NORA.   No, a ti te toca hablar. Hoy no quiero ser egoísta... no quiero pensar más que en ti. Sólo una cosa deseo decirte enseguida. ¿Sabes el fortunón que hemos tenido estos días?

CRISTINA.   No, ¿qué es ello?

NORA.   Calcula: que han nombrado a mi marido director del Banco.

CRISTINA.   ¿A tu marido? ¡Oh! ¡Qué suerte!

NORA.   ¿Verdad? ¡Es una situación tan precaria la de un abogado, sobre todo cuando no quiere encargarse más que de causas buenas! Y eso era, naturalmente, lo que hacía Torvaldo, y con lo que estoy absolutamente de acuerdo. ¡Figúrate si estaremos contentos! Empezará a desempeñar el cargo el Año Nuevo, y entonces tendrá un buen sueldecito con multitud de utilidades, lo que nos permitirá vivir de otra manera que hasta aquí... Completamente a nuestro gusto. ¡Oh, Cristina! ¡Qué dicha y qué placer! Creo que es una delicia tener mucho dinero y estar libre de preocupaciones. ¿No te parece?

CRISTINA. Indudablemente. Por lo menos, debe de ser una cosa excelente tener lo necesario.

NORA. No, lo necesario nada más no, sino mucho, muchísimo dinero.

CRISTINA. *(Sonriendo)*. Nora, Nora, ¿todavía no has aprendido a ser juiciosa a estas fechas? En el colegio eras una derrochona.

NORA. *(Sonriendo dulcemente)*. Torvaldo supone que lo soy todavía. Pero *(Amenazando con el dedo)*, «Nora, Nora» no es tan loca como creéis. ¡Ah! La verdad es que hasta aquí no he tenido mucho que derrochar. Hemos necesitado trabajar los dos.

CRISTINA. ¿Tú también?

NORA. Sí; menudencias: labores de mano, de gancho, bordados, etc. *(Cambiando de tono)*. Y, además, otra cosa. Sabes que Torvaldo dejó el ministerio cuando nos casamos, porque no esperaba ascender, y necesitaba pagar más dinero que antes. El primer año tuvo un trabajo terrible. Figúrate; tenía que buscar toda clase de ocupaciones y no cesaba de trabajar desde la mañana hasta la noche. Como abusó de sus fuerzas, cayó gravemente enfermo y los médicos le prescribieron que se marchara al Mediodía.

CRISTINA. Cierto, pasasteis un año en Italia.

NORA. Sí. Como comprendes, no era muy fácil ponerse en camino... Acababa de nacer Ivar; pero no hubo más remedio. ¡Oh! ¡El viaje fue una maravilla, la cosa más hermosa! ¡Y salvó la vida de Torvaldo! ¡Pero el dinero que nos costó, Cristina!

CRISTINA. Ya lo supongo.

NORA. Mil doscientos escudos... cuatro mil ochocientas coronas. ¡Es algún dinero, eh!

CRISTINA. Sí, y no es poca suerte tenerlo cuando hace falta.

NORA. Nos lo dio papá.

CRISTINA. ¡Ah, ya! Y, si mal no recuerdo, fue precisamente poco antes de morir.

NORA. Sí, Cristina, precisamente entonces, y, como comprenderás, no pude ir a asistirlo. Esperaba de un día a otro el nacimiento de Ivar, ¡y el pobre Torvaldo moribundo, y necesitando que lo cuidase! ¡Mi buen papá! No volví a verlo. ¡Oh! ¡Es la pena más cruel que he tenido que sufrir desde mi matrimonio!

CRISTINA. Ya sé que lo querías mucho. ¿De modo que después os fuisteis a Italia?

NORA. Sí, teníamos el dinero, y los médicos recomendaban tanto... Marchamos al cabo de un mes.

CRISTINA. ¿Y tu marido volvió completamente repuesto?

NORA. Sí; fue un milagro.

CRISTINA. ¿Y... ese médico?

NORA. ¿Qué quieres decir?

CRISTINA. Recuerdo que la doncella anunció al doctor, dejando pasar a un caballero al mismo tiempo que a mí.

NORA. En efecto; aquél era el doctor Rank. No viene como médico, sino como amigo y nos visita una vez al día por lo menos. No, Torvaldo no ha tenido la más ligera indisposición desde entonces. Los niños también se encuentran sanos y frescos, y yo lo mismo. *(Se levanta de un salto y palmotea)*. ¡Dios mío, Dios mío, Cristina, qué delicia y qué bendición vivir y estar contentos!... ¡Ah!, pero es una vergüenza... no habló más que de mí. *(Se sienta en un taburete al lado de Cristina, en cuyas rodillas se recuesta)*. ¿No lo tomarás a mal? Dime: ¿de veras no amabas a tu marido? Entonces, ¿por qué te casaste con él?

CRISTINA. Mi madre estaba enferma, me encontraba sin apoyo, y además tenía que cuidar a mis dos hermanitos. No me creí con derecho a rehusar el matrimonio.

NORA. Sí, sí, obraste perfectamente. ¿De modo que era rico cuando se casó?

CRISTINA. Por lo menos vivía muy desahogado; pero su fortuna era poco sólida, y, a su muerte, se lo llevó todo el diablo, sin quedar nada.

NORA. ¿Y entonces?

CRISTINA. Me vi obligada a buscar una ocupación, regenté un modesto colegio... ¿Qué sé yo? Los tres años últimos no han sido para mí más que un largo día de trabajo sin reposo. Ahora todo ha concluido, Nora. Mi pobre madre no me necesita ya; la he perdido; mis hermanos tampoco, porque ya pueden subvenir a sus necesidades por sí mismos.

NORA. ¡Qué alivio debes sentir!

CRISTINA. No, Nora, hago una vida insoportable. ¡No tener nadie a quien consagrarse! *(Se levanta inquieta).* Así es que no he podido permanecer allá, en aquel rincón escondido. Aquí debe de ser más fácil absorberse en una ocupación, distraerse de los pensamientos... Si fuese siquiera lo bastante afortunada para encontrar una colocación, trabajo de oficina...

NORA. ¿Piensas en eso? ¡Un trabajo tan fatigoso, y tú que necesitas descanso! Más te valdría ir a los baños.

CRISTINA. *(Acercándose a la ventana).* Yo no tengo un papá que me pague el viaje.

NORA. *(Levantándose).* ¡Vamos! No tengas mal humor.

CRISTINA. Tú eres la que no ha de enfadarse conmigo, querida Nora. Lo peor que tiene una situación como la mía es que agria tanto el carácter... No se tiene a nadie por quien trabajar, y, a pesar de todo, hay que ganarse la subsistencia: ¿no es preciso vivir? Esto hace a una egoísta. ¿Qué quieres que te diga? Cuando me participaste hace un momento vuestro cambio de fortuna, me he alegrado por mí más que por ti.

NORA. Pues, ¿cómo?... ¡Ah!, bueno... ya comprendo. Te habrás dicho que Torvaldo puede serte útil.

CRISTINA.   Sí, lo he pensado.

NORA.   Pues lo será, Cristina. Yo prepararé el terreno con mucha delicadeza, idearé alguna cosa grata que predisponga bien a Torvaldo. ¡Oh! ¡Tengo tantos deseos de servirte!...

CRISTINA.   ¡Cuánto te agradezco esa solicitud, Nora!... Más meritoria en ti que no conoces las miserias y los sinsabores de la vida.

NORA.   ¿Yo?... ¿Crees eso?

CRISTINA.   *(Sonriendo).* ¡Por Dios! Laborcitas de mano y monerías por el estilo... Eres una niña, Nora.

NORA.   *(Moviendo la cabeza y atravesando la escena).* No hables con esa ligereza.

CRISTINA.   ¿Sí?

NORA.   Eres como los demás. Todos creéis que no valgo para nada serio...

CRISTINA.   Vamos, vamos...

NORA.   Que no conozco las dificultades de la vida.

CRISTINA.   Pero, querida Nora, acabas de contarme tus dificultades...

NORA.   ¡Bah!... ¡Esas bagatelas!... *(En voz baja).* No te he contado lo principal.

CRISTINA.   ¿Qué dices?

NORA.   Me miras desde la cumbre de tu grandeza, Cristina, y no deberías hacerlo. Tú estás orgullosa de haber trabajado tanto por tu madre.

CRISTINA.   No miro a nadie desde la cumbre de mi grandeza, aunque es verdad que me satisface y me enorgullece el haber contribuido a que mi madre pasara tranquilamente los últimos días de su vida.

NORA.   Y te enorgullece también el pensar lo que has hecho por tus hermanos.

CRISTINA.   Tengo derecho.

NORA.   Así lo creo; pero voy a decirte una cosa, Cristina. Yo también tengo un motivo de alegría y de orgullo.

CRISTINA.   No lo pongo en duda. Explícate.

NORA.   Habla más bajo, no sea que Torvaldo nos oiga. Por nada del mundo querría que él... No debe saberlo nadie, Cristina; nadie más que tú.

CRISTINA.   Nadie lo sabrá por mí.

NORA.   Acércate más. *(Atrayéndola a su lado)*. Sí... escucha... yo también puedo estar orgullosa y satisfecha. Yo fui quien salvé la vida de Torvaldo.

CRISTINA.   ¿Salvar?... ¿Cómo salvar?

NORA.   ¿Te he hablado del viaje a Italia, no es verdad? Torvaldo no viviría a estas horas si no hubiera podido ir al Mediodía...

CRISTINA.   Bien, pero tu padre os dio el dinero necesario.

NORA.   *(Sonriendo)*. Sí, eso es lo que cree Torvaldo y todo el mundo; pero...

CRISTINA.   ¿Pero?

NORA.   Papa no nos dio un céntimo. Yo fui la que me procuré el dinero.

CRISTINA.   ¿Tú? ¿Una cantidad tan importante?...

NORA.   Mil doscientos escudos. Cuatro mil ochocientas coronas.

CRISTINA.   ¿Cómo te arreglaste?... ¿Ganaste en la lotería?

NORA.   *(Desdeñosamente)*. ¿La lotería? *(Con un ademán de desdén)*. ¿Qué mérito tendría eso?

CRISTINA.   Entonces, ¿de dónde lo sacaste?

NORA.   *(Sonriendo con aire de misterio y tarareando)*. ¡Jem! ¡Ta-ra-ra-la!

CRISTINA.   Prestado no era fácil que lo tuvieras nunca.

NORA. ¿Por qué no?

CRISTINA. Porque una mujer casada no puede tomar dinero a préstamo sin el consentimiento del marido.

NORA. *(Moviendo la cabeza).* ¡Oh!, cuando se trata de una mujer algo práctica... de una mujer que sabe manejarse con destreza...

CRISTINA. Nora, por más que me devano los sesos, no se me ocurre cómo...

NORA. No es necesario que te tomes esa molestia. Nadie dice que me prestaran el dinero; pero pude adquirirlo de otro modo. *(Se deja caer en el sofá).* He podido recibirlo de un adorador. ¿Qué?... Con mi palmito...

CRISTINA. ¡Qué loca eres!

NORA. Confiesa que tienes una curiosidad terrible.

CRISTINA. Dime, querida Nora, ¿no habrás obrado a la ligera?

NORA. *(Irguiéndose).* ¿Es una ligereza salvar la vida al marido?

CRISTINA. Lo que me parece una ligereza es que a sus espaldas...

NORA. La cuestión era que no supiera nada. ¡Por Dios! ¿No comprendes? Se trataba de que no conociera la gravedad de su estado. A mí es a quien dijeron los médicos que estaba en peligro, y que no podía salvarse más que pasando una temporada en el Mediodía. ¿Crees que podía ser muy escrupulosa? Le ponderaba lo que me gustaría ir a viajar por el extranjero como las demás mujeres; lloraba, suplicaba y le decía que era preciso que se hiciera cargo de mi estado y que cediera a mi deseo; en fin, le insinué que podría tomar dinero a rédito. Entonces, Cristina, le faltó muy poco para irritarse, contestándome que era una loca y que su deber de marido era no someterse a mis caprichos. «Bueno, bueno —dije para mi capote—, se le salvará, cueste lo que cueste». Entonces fue cuando se me ocurrió el medio de tener dinero.

CRISTINA. ¿Y a tu marido no le dijo tu padre que el dinero no procedía de él?

NORA. Jamás. Papá murió a los pocos días. Yo había pensado confesárselo todo y rogarle que no me hiciera traición; pero ¡estaba tan enfermo! ¡Ay, no tuve que dar ese paso!

CRISTINA. ¿Y después no has revelado nada a tu marido?

NORA. ¡No, santo Dios! ¡Qué desatino! ¡A él, tan severo respecto a ese punto! Y luego que, con su amor propio de hombre, se le haría muy cuesta arriba. ¡Qué humillación! ¡Saber que me debía algo! Eso hubiera transformado todas nuestras relaciones; nuestra vida doméstica, tan venturosa, no sería ya lo que es.

CRISTINA. ¿Y no le hablarás de eso nunca?

NORA. *(Reflexionando y sonriendo a medias)*. Quizá... con el tiempo; después de que pasen muchos, muchos años, cuando ya no sea yo tan bonita como ahora. ¡No te rías! Quiero decir: cuanto Torvaldo no me ame ya tanto, cuando ya no disfrute viéndome bailar, disfrazarme y declamar. Bueno será quizá tener entonces algo a que agarrarse... *(Deteniéndose)*. ¡Bah, ese día no llegará nunca!... Conque, Cristina, ¿qué te parece mi gran secreto? También yo sirvo para algo... Puedes creer que este asunto me ha preocupado mucho. ¡Caramba! No era fácil cumplir a plazo fijo, porque has de saber que en estos negocios hay una cosa llamada los vencimientos y otra la amortización; y todo es endiabladamente difícil de arreglar. He tenido que rebañar en todas partes. De los gastos de la casa no podía cercenar mucho, pues Torvaldo tenía que vivir cómodamente. Los niños tampoco podían andar mal vestidos, y todo lo que recibía para ellos me parecía intangible. ¡Angelitos míos!

CRISTINA. ¡De manera que todo, pobre Nora, lo has tenido que sacar de tus gastos particulares!

NORA. Naturalmente. Después de todo no era más que justicia. Siempre que Torvaldo me daba dinero para mis gastos, sólo invertía la mitad; compraba siempre de lo barato. Es una suerte que todo me esté bien, porque así Torvaldo no ha advertido nada. Pero a veces me es duro, Cristina: ¡halaga tanto ir elegante! ¿No es verdad?

CRISTINA. ¡Ya lo creo!

NORA.   Cuento aún con otros ingresos. El invierno último tuve la suerte de encontrar trabajo: escritos para copiar. Entonces me encerraba y escribía hasta hora muy avanzada de la noche. ¡Oh! Me fatigaba muchísimo; pero era un gusto trabajar para ganar dinero. Casi me parecía que era hombre.

CRISTINA.   ¿Cuánto has podido pagar de ese modo?

NORA.   No lo sé a punto fijo. Hija, es muy difícil desenredarse en esta clase de asuntos. Lo único que puedo decirte es que he pagado cuanto me ha sido posible. Muchas veces no sabía ya a dónde volver los ojos. *(Sonríe)*. Y entonces se me ocurría pensar que un viejo muy rico se había enamorado de mí...

CRISTINA.   ¡Qué! ¿Qué viejo?

NORA.   ¡Tonterías!... Que se moría, y que, al abrir el testamento, se leía en letras muy gordas: «Lego toda mi fortuna a la encantadora señora de Helmer, a quien le será entregada al punto».

CRISTINA.   Pero, querida Nora, ¿qué viejo es ése?

NORA.   ¡Dios mío! ¿No comprendes, mujer? No hay tal viejo; es una idea que se me ocurría siempre que no veía manera de adquirir dinero. En fin, ahora todo eso es completamente indiferente. El viejo puede estar donde se le antoje, porque me tienen sin cuidado él y su testamento. *(Se levanta con viveza)*. ¡Dios mío! ¡Qué gozo pensarlo! ¡Poder estar tranquila, completamente tranquila, jugar con los niños, arreglar bien la casa, con gusto, como a Torvaldo le gusta tenerla! ¡Luego vendrá la primavera y el hermoso cielo azul! Quizá podamos viajar entonces. ¡Volver a ver el mar! ¡Oh! ¡Qué felicidad vivir y estar contentos! *(Llaman)*.

CRISTINA.   *(Levantándose)*. Llaman. ¿Debo irme?

NORA.   No, quédate, no espero a nadie; probablemente será preguntando por Torvaldo...

ESCENA IV

Dichos y Elena. Luego Krogstad

ELENA.   Perdone usted, señorita... hay un caballero que desea hablar al abogado...

NORA.   Querrás decir al director del Banco.

CRISTINA.   Sí, señora, al director; pero, como está el doctor ahí dentro... no sabía...

KROGSTAD.   *(Presentándose).* Soy yo, señora. *(Elena sale. Cristina se estremece, se turba y se vuelve hacia la ventana).*

NORA.   *(Adelantándose hacia él, turbada y a media voz).* ¿Usted? ¿Qué sucede? ¿Qué tiene usted que decir a mi marido?

KROGSTAD.   Deseo hablarle de asuntos relativos al Banco. Tengo allí un empleito y he oído decir que el esposo de usted va a ser nuestro jefe...

NORA.   Es cierto.

KROGSTAD.   Asuntos enojosos, señora, nada más que eso.

NORA.   Entonces, tómese la molestia de entrar en el despacho. *(Le saluda con indiferencia, cerrando la puerta de la antecámara, y después se acerca a la chimenea).*

ESCENA V

Nora y Cristina

CRISTINA.   Nora... ¿Quién es ese hombre?

NORA.   Es un abogado que se llama Krogstad.

CRISTINA.   ¡Ah! Él es...

NORA.   ¿Lo conoces?

CRISTINA.   Lo conocí hace muchos años. Fue procurador en casa durante algún tiempo.

NORA. Precisamente.

CRISTINA. ¡Ha cambiado mucho!

NORA. Creo que fue muy desgraciado en el matrimonio.

CRISTINA. Ahora es viudo, ¿verdad?

NORA. Sí, con muchos hijos. ¡Eh!, me estoy achicharrando. *(Cierra la estufa y separa la mecedora).*

CRISTINA. Dicen que se ocupa en toda clase de negocios.

NORA. ¿Sí? Es posible: no sé... Pero no hablemos de negocios; es una cosa muy fastidiosa...

ESCENA VI

Dichos y Rank

RANK. *(Saliendo del despacho de Helmer, y dejando entreabierta la puerta).* No, no; no quiero estorbarte; voy a ver a tu esposa un momento. *(Cierra la puerta y repara en Cristina).* ¡Ah, perdón! También aquí estorbo.

NORA. Nada de eso... *(Haciendo las presentaciones).* El doctor Rank; la señora viuda de Linde.

RANK. Ese nombre se pronuncia con frecuencia en esta casa. Creo haber pasado delante de usted al subir la escalera.

CRISTINA. Sí, yo tardo en subir, porque me fatigo.

RANK. ¿Está usted indispuesta?

CRISTINA. Sólo me encuentro fatigada.

RANK. ¿Nada más? ¿Entonces viene usted a descansar aquí probablemente, corriendo de fiesta en fiesta?

CRISTINA. He venido a buscar trabajo.

RANK. ¿Será ése un remedio eficaz contra el exceso de fatiga?

CRISTINA. No; pero es necesario vivir, doctor.

RANK. Sí, es una opinión general: se cree que la vida es una cosa necesaria.

NORA. ¡Oh doctor! Tengo seguridad de que usted tiene también mucho apego a la vida.

RANK. Vaya si lo tengo. Mísero y todo como soy, tengo decidido empeño en sufrir el mayor tiempo posible. A mis clientes les ocurre lo propio. Y lo mismo opinan los que padecen achaques morales. En este momento acabo de dejar uno en el despacho de Helmer, un hombre en tratamiento; hay hospitales para enfermos de esa índole.

CRISTINA. *(Con voz sorda).* ¡Ah!

NORA. ¿Qué quiere usted decir?

RANK. ¡Oh! Hablo del abogado Krogstad, a quien usted no conoce. Está podrido hasta los huesos, y, sin embargo, afirma como cosa de la mayor importancia que es necesario vivir.

NORA. ¿De veras? ¿De qué hablaba con Helmer?

RANK. A ciencia cierta, no lo sé. Lo único que he oído es que se trataba del Banco.

NORA. Yo no sabía que Krog... que el señor Krogstad tuviera que ver con el Banco.

RANK. Sí; se le ha dado una especie de empleo. *(Dirigiéndose a Cristina).* No sé si también allá, entre ustedes, existen esa especie de hombres que se afanan en desenterrar podredumbres morales, y, en cuanto encuentran un enfermo, lo ponen en observación, proporcionándole una buena plaza, mientras los sanos se quedan fuera.

CRISTINA. Hay que confesar que los enfermos son los que más cuidados necesitan.

RANK. *(Encogiéndose de hombros).* Bien dicho. Es una manera de ver que convierte la sociedad en hospital. *(Nora, que ha permanecido abstraída, rompe a reír batiendo palmas).* ¿Por qué se ríe usted? ¿Sabe siquiera lo que es la sociedad?

NORA. ¿Y quién habla de la inaguantable sociedad de usted? Me reía de otra cosa... una cosa tan graciosa... Dígame usted, doctor...

¿Todos los que tienen empleos en el Banco serán, en lo sucesivo, subordinados de mi esposo?

RANK. ¿Es eso lo que le divierte a usted?

NORA. *(Sonriendo y tarareando).* No haga usted caso. *(Da vueltas a la habitación).* ¡Pensar que nosotros... que Torvaldo tenga ahora influencia sobre tanta gente! Realmente, es muy divertido y me parece increíble. *(Saca del bolsillo el cucurucho de almendras).* ¿Quiere usted almendras, doctor?

RANK. ¡Hola! ¿Almendritas? Creía que eso era contrabando aquí.

NORA. Sí, pero éstas me las ha dado Cristina.

CRISTINA. ¿Yo?

NORA. Vamos, vamos, no te asustes. ¿Qué sabías tú si Torvaldo me ha prohibido comer dulces? ¡Bah!... ¡Por una vez!... ¿Verdad, doctor?... ¡Tenga usted! *(Le pone una almendra en la boca).* Y tú también, Cristina. Yo comeré una muy pequeñita... dos a lo sumo. *(Empieza a dar vueltas por la habitación otra vez).* Pues, señor, soy inmensamente feliz. Sólo una cosa deseo todavía ardientemente.

RANK. Sepamos. ¿De qué se trata?

NORA. Una cosa que me entran ganas irresistibles de decir delante de Torvaldo.

RANK. ¿Y quién le prohíbe a usted decirla?

NORA. No me atrevo: es demasiado fea.

CRISTINA. ¿Fea?

RANK. Entonces, es preferible que se calle, pero a nosotros... ¿Qué es lo que tiene usted tanto deseo de decir delante de Torvaldo?

NORA. Tengo unos deseos atroces de gritar: ¡Rayos, truenos, huracanes...!

RANK. ¡Qué loca es usted!

CRISTINA. Vamos, Nora...

RANK.   Pues grite usted; aquí está.

NORA.   *(Escondiendo las almendras).* ¡Chitón! *(Sale Helmer del despacho, con un paletó en el brazo y el sombrero en la mano).*

ESCENA VII

Dichos y Helmer

NORA.   *(Adelantándose hacia él).* ¿Qué? ¿Has logrado echar a la calle a ese señor?

HELMER.   Sí, acaba de marcharse.

NORA.   ¿Permites que te presente?... Es Cristina, que ha venido de fuera.

HELMER.   ¿Cristina?... Usted perdone, pero no sé...

NORA.   La señora de Linde, querido, la señora Cristina Linde.

HELMER.   ¡Ah! Perfectamente. ¿Una amiga de la infancia de mi mujer acaso?

CRISTINA.   Sí, señor; nos conocimos en otro tiempo.

NORA.   Y ya ves, ha hecho este viaje tan largo para hablar conmigo.

HELMER.   ¿Cómo?

CRISTINA.   No sólo para eso...

NORA.   Cristina, para que lo sepas, entiende mucho de trabajos de oficina, y, además tiene grandes deseos de ponerse a las órdenes de un hombre superior y de adquirir aún más experiencia.

HELMER.   Muy bien pensado, señora.

NORA.   Así es que, cuando supo por los telegramas de los periódicos que te habían nombrado director del Banco, se puso en camino... ¿Verdad, Torvaldo, que harás algo en favor de Cristina por complacerme? Di.

HELMER.   No es absolutamente imposible. ¿La señora es quizá viuda?

CRISTINA.   Sí.

HELMER.   ¿Y usted está acostumbrada a trabajar en oficinas?

CRISTINA.   Sí, bastante.

HELMER.   Entonces es muy probable que pueda proporcionarle a usted una plaza.

NORA.   *(Aplaudiendo). ¿Lo ves?*

HELMER.   Llega usted en buena ocasión, señora.

CRISTINA.   ¿Cómo agradecer a usted...?

HELMER.   ¡Oh! No hablemos de eso. *(Se pone el abrigo).* Pero hoy tendrá usted que dispensarme.

RANK.   Espera, que yo también voy. *(Recoge su cuello de pieles de la antecámara y lo calienta en la chimenea).*

NORA.   No tardes mucho, Torvaldo.

HELMER.   Una hora solamente.

NORA.   ¿Te vas tú también, Cristina?

CRISTINA.   *(Poniéndose el abrigo).* Necesito ir a buscar un alojamiento.

HELMER.   Podemos ir juntos una parte del camino.

NORA.   *(Ayudándola).* ¡Qué fastidio que estemos tan estrechos!... Nos es completamente imposible.

CRISTINA.   ¿En qué piensas, mujer? Hasta la vista, querida Nora, y gracias.

NORA.   Hasta luego, porque esta noche vendrás, ¿no es cierto? Y usted también, doctor. ¿Cómo? Si está bien... ¿Va usted a excusarse? Se arropa usted. *(Vanse hablando por el fondo derecho. Se oyen voces de niños en la escalera).*

Nora. ¡Ya están aquí, ya están aquí! *(Corre a abrir, y aparece Mariana con los niños).*

ESCENA VIII

Dichos, Mariana y los niños

Nora. ¡Entrad, entrad! *(Besa a los niños).* ¡Oh! ¡Cielos míos! ¡Mira, Cristina! ¿No es verdad que son muy preciosos?

Rank. No os quedéis ahí al aire.

Helmer. Vamos, señora de Linde; para quien no es madre, quedarse ahora con Nora sería insoportable. *(El doctor Rank, Helmer y Cristina bajan la escalera. Entra Mariana con los niños. Nora lo hace después de cerrar la puerta).*

ESCENA IX

Nora, Mariana y los niños

Nora. ¡Qué caritas tan animadas y tan frescas traéis! ¡Qué carrillos tan encarnados! Parecen manzanas y rosas. *(Todos los niños le hablan a la vez hasta el fin de la escena).* ¿Os habéis divertido mucho? Muy bien. ¡Anda! ¿Conque tú has tirado del trineo llevando a Emmy y a Bob? ¿Es posible? ¡A los dos! ¡Ah! Eres un valiente, Ivar... ¡Oh! Déjamela un momento, Mariana. ¡Muñequita mía! *(Agarra a la niña menor y baila con ella).* Sí, sí, mamá va a bailar con Bob también. ¿Cómo? ¿Habéis hecho bolas de nieve? ¡Oh! ¡Lo que hubiera dado por estar a vuestro lado! No, déjame, Mariana. Voy a desnudarlos yo. Déjame, mujer. ¡Si es tan divertido! Entra ahí entretanto. Tienes cara de frío. En la cocina hay café caliente para ti. *(Vase Mariana por la puerta de la izquierda, Nora despoja a los niños de los abrigos y de los sombreros, que va dejando desparramados. Los niños siguen hablando).* ¡Imposible! ¿Que ha corrido detrás de vosotros un perrazo? Pero no mordía. No, los perros no muerden a los monigotillos preciosos como vosotros. ¡Eh! ¡Ivar, cuidado con mirar los paquetes! No, no, que tienen dentro una cosa mala. ¿Qué? ¿Queréis jugar? ¿A qué? ¿Al escondite? Sí, vamos a jugar al escondite. Que se esconda primero Bob. ¿Yo? ¡Bueno, pues yo! *(Nora y los niños se ponen a jugar, gritando y riendo. Al fin Nora se esconde debajo de la mesa. Llegan los niños a todo correr y la buscan sin poder encontrarla; pero oyen su risa ahogada, se precipitan hacia el velador, levantan el tapete y la descubren. Gritos de alegría. Nora sale a gatas como para asustarlos. Nueva explosión de júbilo. Mientras tanto han llamado sin que nadie responda. Se entreabre la puerta y aparece Krogstad. Espera un momento. El juego continúa).*

ESCENA X

Dichos y Krogstad

KROGSTAD.   Dispense usted, señora...

NORA.   *(Lanza un grito y se levanta a medias).* ¿Qué se le ofrece a usted?

KROGSTAD.   Estaba entornada la puerta. Sin duda, habrán olvidado cerrarla.

NORA.   *(Levantándose).* Mi esposo no está en casa, señor Krogstad.

KROGSTAD.   Ya lo sé.

NORA.   Entonces... ¿Qué desea usted?

KROGSTAD.   Decirle una palabra.

NORA.   ¿A mí?... *(Aparte a los niños).* Id con Mariana. ¿Qué?... No, el caballero de fuera no hará daño a mamá. Cuando se marche, seguiremos jugando. *(Acompaña a los niños al aposento de la izquierda y cierra la puerta).*

ESCENA XI

Nora y Krogstad

NORA. *(Inquieta y agitada).* ¿Usted quiere hablarme?

KROGSTAD. Sí, lo deseo.

NORA. ¿Hoy?... No estamos todavía a primeros de mes.

KROGSTAD. No, estamos en vísperas de Navidad, y de usted depende que estas Navidades le traigan alegrías o penas.

NORA. ¿Qué desea? Hoy me es realmente imposible.

KROGSTAD. Por ahora no hablaremos de eso. Se trata de una cosa distinta. ¿Puede usted concederme un instante?

NORA. Sí, sí... aunque...

KROGSTAD. Bien. Estando yo sentado en la fonda Olsen, vi pasar a su marido...

NORA. ¡Ah!

KROGSTAD. Con una señora.

NORA. Bueno. ¿Y...?

KROGSTAD. ¿Puedo dirigir a usted una pregunta? Esa señora era la viuda de Linde, ¿no es cierto?

NORA. Sí.

KROGSTAD. ¿Acaba de llegar de fuera?

NORA. Ha llegado hoy.

KROGSTAD. ¿Es amiga de usted?

NORA. Sí... pero no comprendo...

KROGSTAD. Yo también la traté en otra época.

NORA. Lo sé.

KROGSTAD.   Vamos, está usted enterada. Lo suponía. ¿Entonces me permitirá usted que le pregunte si la señora de Linde espera obtener colocación en el Banco?

NORA.   ¿Cómo se atreve usted a preguntarme eso, señor Krogstad? ¿Usted que es un subordinado de mi marido? Pero, ya que me lo pregunta, se lo diré. Sí, la señora de Linde tendrá un empleo en el Banco, y lo tendrá gracias a mí, señor Krogstad. Ahora ya lo sabe usted.

KROGSTAD.   Acerté, pues.

NORA.   *(Paseando).* ¡Eh! Una tiene alguna influencia, y, al ser mujer no quiere decir que... Cuando se ocupa una situación subalterna, señor Krogstad, habría que mirarse para no herir a una persona que... ¡Ejem!...

KROGSTAD.   ¿Que tiene influencia?

NORA.   Sí, señor.

KROGSTAD.   *(Cambiando de tono).* Señora, ¿tendría usted la bondad de usar de su influencia en mi favor?

NORA.   ¿Cómo? ¿Qué quiere decir?

KROGSTAD.   ¿Querría tener la bondad de influir para que se me conserve mi modesto puesto en el Banco?

NORA.   ¿Qué quiere usted decir? ¿Quién piensa en quitarle el empleo?

KROGSTAD.   ¡Oh! Es inútil el disimulo. Comprendo bien que a su amiga no le agrade encontrarse conmigo, y ahora sé a quién debo mi cesantía.

NORA.   Le aseguro a usted...

KROGSTAD.   En fin, en dos palabras: todavía es tiempo y le aconsejo que use su influencia para impedirlo.

NORA.   Yo no tengo ninguna influencia, señor Krogstad.

KROGSTAD.   ¿Cómo? Pues hace un momento decía usted lo contrario.

NORA. ¿Cómo puede usted creer que yo tenga semejante poder sobre mi marido?

KROGSTAD. ¡Oh! Conozco a su marido desde que estudiamos juntos y no creo que el señor director del Banco sea más enérgico que otros hombres casados.

NORA. Si habla usted despectivamente de mi marido, lo pongo a usted en la puerta.

KROGSTAD. La señora es animosa.

NORA. No temo a usted. Después de Año Nuevo me veré libre de usted.

KROGSTAD. *(Dominándose).* Oiga bien, señora. Si es necesario, lucharé para conservar mi humilde empleo como si se tratase de una cuestión de vida o muerte.

NORA. Y lo es, evidentemente.

KROGSTAD. No es sólo por el sueldo; lo importante es otra cosa... que, en fin, voy a decirlo todo. Usted sabe, naturalmente, como todo el mundo, que yo cometí una imprudencia hace ya buen número de años.

NORA. Creo haber oído hablar del asunto.

KROGSTAD. La cuestión no pasó a los tribunales; pero me cerró todos los caminos. Entonces emprendí la clase de negocios que usted sabe, porque era forzoso buscar alguna cosa, y me atrevo a decir que no he sido peor que otros. Ahora quiero abandonar estos negocios, porque mis hijos crecen y necesito recobrar la mayor consideración posible. El empleo del Banco era para mí el primer escalón, y ahora me encuentro con que su esposo pretende hacerme bajar de él para sepultarme nuevamente en el lodo.

NORA. Pero, por Dios, señor Krogstad, no puedo ayudarle a usted.

KROGSTAD. Lo que le falta a usted es voluntad; pero tengo medios de obligarla.

NORA. ¿Va usted a decir a mi marido que le debo dinero?

KROGSTAD.   ¡Caramba! ¿Y si lo hiciera?

NORA.   Sería una infamia. *(Con voz llorosa)*. Ese secreto que es mi alegría y mi orgullo... Saberlo él de una manera tan villana... por usted. Me expondría a los mayores disgustos...

KROGSTAD.   ¿Disgustos nada más?

NORA.   *(Con viveza)*. O, si no, hágalo usted; usted perderá más, porque así sabrá mi marido qué clase de hombre es usted, y seguramente le dejará cesante.

KROGSTAD.   Acabo de preguntar si no son más que disgustos domésticos los que usted teme.

NORA.   Si mi marido lo sabe, pagará, naturalmente, enseguida, y nos veremos libres de usted.

KROGSTAD.   *(Dando un paso hacia ella)*. Oiga usted, señora... o usted no tiene memoria o apenas conoce los negocios, y es necesario que la ponga al corriente.

NORA.   ¿Pues?...

KROGSTAD.   Cuando su esposo se encontraba enfermo, me pidió usted un préstamo de mil doscientos escudos.

NORA.   No conocía a nadie más.

KROGSTAD.   Yo le prometí proporcionarle el dinero.

NORA.   Y me lo proporcionó.

KROGSTAD.   Prometí proporcionárselo con ciertas condiciones; pero entonces estaba usted tan preocupada con la enfermedad de su esposo, y tan impaciente por tener el dinero del viaje, que creo que no se fijó mucho en los pormenores, y no debe extrañarle que se los recuerde. Pues bien: yo prometí proporcionarle a usted el dinero mediante un recibo que escribí.

NORA.   Sí, y que firmé.

KROGSTAD.   Bien; pero más abajo añadí algunas líneas según las cuales garantizaba el pago su padre de usted. Esas líneas debía firmarlas él.

NORA.   ¿Debía, dice? Lo hizo.

KROGSTAD.   Yo dejé la fecha en blanco, lo cual significaba que el padre de usted debía poner la fecha de la firma. ¿Se acuerda de eso?

NORA.   Sí, creo efectivamente...

KROGSTAD.   Después entregué a usted el recibo para que lo enviara a su padre por correo. ¿No fue así?

NORA.   Así fue.

KROGSTAD.   Como es de suponer, lo hizo usted enseguida, porque a los cinco o seis días me devolvió usted el pagaré con la firma de su padre, y entonces recibió usted el préstamo.

NORA.   ¡Bueno, sí! ¿No he ido pagando puntualmente?

KROGSTAD.   Con poca diferencia. Pero volviendo a lo que decíamos... aquéllos eran seguramente malos tiempos para usted, señora.

NORA.   Sí, es verdad.

KROGSTAD.   Su padre creo que estaba muy enfermo.

NORA.   Moribundo.

KROGSTAD.   ¿Murió poco después?

NORA.   Sí, señor.

KROGSTAD.   Dígame, señora, ¿se acuerda usted por casualidad de la fecha de la muerte de su padre?

NORA.   Papá murió el veintinueve de septiembre.

KROGSTAD.   Cierto. Procuré enterarme. Y por eso no me explico *(Saca un papel del bolsillo)*... cierta particularidad.

NORA.   ¿Qué particularidad?

KROGSTAD.   Lo que hay de particular, señora, es que su padre de usted firmó el recibo tres días después de morir. *(Nora guarda silencio)*. ¿Puede usted explicarme esto? *(Nora sigue callando)*. Es también evidente que las palabras *dos de octubre* y el año no son de letra de su padre, sino de una letra que creo conocer. En fin, eso puede explicarse. Su padre se olvidaría de fechar y lo haría cualquiera antes de saber su muerte. La cosa no es muy grave, porque lo esencial es la firma. ¿Es auténtica realmente, verdad, señora? ¿Su padre fue el que escribió allí su propio nombre?

NORA. *(Después de un corto silencio levanta la cabeza y lo mira provocativamente).* No, no fue él. Fui yo la que escribí el nombre de papá.

KROGSTAD. ¿Usted comprende bien toda la gravedad de esa confesión?

NORA. ¿Por qué? Dentro de poco tendrá usted su dinero.

KROGSTAD. Permítame una pregunta. ¿Por qué no envió usted el recibo a su padre?

NORA. Era imposible; ¡estaba tan enfermo! Para pedirle la firma, hubiera tenido que declararle el destino del dinero, y en la situación en que se encontraba no podía decirle que estaba amenazada la vida de mi esposo. ¡Era imposible!

KROGSTAD. En ese caso hubiera sido preferible desistir del viaje.

NORA. ¡Imposible! El viaje era la salvación de mi marido y no podía renunciar a él.

KROGSTAD. Pero, ¿usted no comprende la superchería que cometió conmigo?

NORA. No podía detenerme a reflexionar. ¡Bastante me cuidaba yo de usted que me era insoportable por la frialdad con que razonaba a pesar de saber que mi marido estaba en peligro!

KROGSTAD. Señora, evidentemente usted no tiene idea muy clara de la responsabilidad en que ha incurrido. Para que lo comprenda, sólo le diré que el hecho que ha acarreado la pérdida de mi posición social no era más criminal que ése.

NORA. ¿Usted? ¿Usted quiere hacerme creer que ha sido capaz de hacer algo para salvar la vida de su esposa?

KROGSTAD. Las leyes no se preocupan de los motivos.

Nora. Entonces son bien malas las leyes.

Krogstad. Malas o no... si presento este papel a la justicia, será usted juzgada según ellas.

Nora. Lo dudo mucho. ¿No iba a tener una hija el derecho de ahorrar inquietudes y angustias a su anciano padre moribundo? ¿No iba a tener una esposa el derecho de salvar la vida de su marido? Puede que no conozca a fondo las leyes, pero tengo seguridad de que en alguna parte se consignará que esas cosas son lícitas en determinadas circunstancias. ¿Y usted, que es abogado, no sabe nada de eso? Me parece usted poco ducho como abogado, señor Krogstad.

Krogstad. Es posible; pero asuntos como los que tratamos reconocerá usted que los entiendo ¿Eh?, perfectamente. Y ahora haga usted lo que guste; pero, si yo la pago por segunda vez, usted me hará compañía. *(Saluda y vase).*

ESCENA XII

Nora y luego los niños

Nora. *(Reflexiona un momento; después mueve la cabeza).* ¡Bah! ¡Pretendía asustarme! Pero no soy tan tonta. *(Empieza a recoger las prendas de los niños, pero se detiene al cabo de un rato).* ¡Sin embargo!... ¡No es posible! Habiéndolo hecho por amor...

Los niños. *(A la puerta de la izquierda).* Mamá, se ha ido ese señor.

Nora. Sí, sí, ya lo sé. Pero no habléis a nadie de ese señor. ¿Lo oís? ¡Ni a papá!

Los niños. No, mamá. ¿Quieres jugar ahora?

Nora. No, no, ahora no.

Los niños. ¡Ah! Nos lo habías prometido, mamá.

Nora. No puedo. Marchaos, estoy muy ocupada. Andad, hermosos. *(Los acompaña con cariño y cierra la puerta).*

ESCENA XIII

Nora y luego Elena

NORA. *(Se sienta en el sofá, toma un bordado y da algunas puntadas, pero se detiene enseguida).* ¡No! *(Deja el bordado, se levanta, va a la puerta de entrada y llama).* Elena, tráeme el árbol. *(Se acerca a la mesa de la izquierda y abre el cajón).* ¡No; es completamente imposible!

ELENA. *(Con el árbol de Navidad).* ¿Dónde se ha de poner, señorita?

NORA. Ahí, en el medio.

ELENA. ¿Necesita algo más?

NORA. No, gracias; tengo lo que necesito. *(Vase la doncella. Después de dejar el árbol, Nora empieza a arreglarlo).* Aquí hacen falta luces y aquí flores... ¡Infame de hombre! ¡Tonterías! Todo eso no significa nada. Ha de estar bonito el árbol de Navidad. Yo quiero hacer todo lo que tú quieres, Torvaldo; bailaré por complacerte, cantaré... *(Entra Helmer con un rollo de papeles debajo del brazo).*

ESCENA XIV

Nora y Helmer

NORA. ¡Ah!... ¿Estás ahí?

HELMER. Sí. ¿Ha venido alguien?

NORA. ¿Aquí? No.

HELMER. ¡Es raro! He visto salir de casa a Krogstad.

NORA. ¡Ah! Sí; Krogstad ha estado aquí un momento.

HELMER. Lo adivino; ¿ha venido para suplicarte que hables en su favor?

NORA. Sí.

HELMER. Y que lo hicieras como cosa tuya, ocultándome que había venido. ¿No te ha pedido eso?

NORA. Sí, Torvaldo, pero...

HELMER. ¡Nora, Nora! ¿Y has podido obrar así? ¡Entablar conversación con semejante persona y hacerle una promesa! ¡Y, para colmo, mentirme!

NORA. ¿Mentir?...

HELMER. ¿No me has dicho que no había venido nadie? *(La amenaza con el dedo).* Eso no lo volverá a hacer mi pajarito cantor, ¿verdad? Las aves canoras deben tener el pico puro y limpio para gorjear bien... sin desafinaciones. *(La agarra de la cintura).* ¿No es verdad?... Sí, ya lo sabía yo. *(La suelta).* Y ni una palabra más respecto a este asunto. *(Se sienta delante de la chimenea).* ¡Qué bien se está aquí! *(Hojea los papeles. Nora sigue adornando el árbol. Pausa).*

NORA. ¡Torvaldo!

HELMER. Di.

NORA. Me alegro muchísimo de ir pasado mañana al baile de trajes de los Stenborg.

HELMER. Y yo estoy deseando saber qué sorpresa nos preparas.

NORA. ¡Oh! ¡Qué aburrimiento!

HELMER. ¿El qué?

NORA. No encuentro un traje que valga la pena, todo es insignificante y absurdo.

HELMER. ¡Estamos frescos! ¿Ahora sale con eso Norita?

NORA. *(Detrás de la butaca, apoyando los codos en el respaldo).* ¿Tienes mucha prisa, Torvaldo?

HELMER. ¡Oh!...

NORA. ¿Qué papeles son ésos?

HELMER. Cosas del Banco.

Nora. ¡Ya!

Helmer. He conseguido que los directores salientes me den plenos poderes para hacer todos los cambios necesarios en el personal y en la organización de las oficinas, y pienso dedicar la semana de Navidad a ese trabajo, pues deseo que todo quede arreglado para Año Nuevo.

Nora. Entonces, ¿es por eso por lo que el pobre Krogstad...?

Helmer. ¡Ejem!...

Nora. *(Pasándole la mano por la cabeza).* Si no estuvieses tan ocupado, te pediría un favor muy grande.

Helmer. Sepamos. ¿Qué deseas?

Nora. No hay quien tenga tanto gusto como tú. ¡Deseo tanto presentarme bien en ese baile!... Torvaldo, ¿no podrías decidir el traje que he de llevar?

Helmer. ¡Hola, hola! La testarudita se declara vencida.

Nora. Sí, Torvaldo, no puedo decidir nada sin ti.

Helmer. Bien, bien, pensaré, idearé algo.

Nora. ¡Ah, qué bueno eres! *(Vuelve al árbol de Navidad. Pausa).* Pero di, ¿es realmente grave lo que ha hecho Krogstad?

Helmer. Ha cometido fraudes. ¿Sabes lo que quiere decir eso?

Nora. ¿No ha podido ser impulsado por la miseria?

Helmer. Sí, se obra muchas veces por ligereza, y no soy tan cruel que condene sin piedad a una persona por un solo hecho de esa índole.

Nora. No, ¿verdad, Torvaldo?

Helmer. Más de uno puede regenerarse, a condición de confesar su crimen y de sufrir la pena.

Nora. ¿La pena?...

HELMER.   Pero Krogstad no ha seguido ese camino. Ha procurado salir del paso con astucias y habilidades, y eso es lo que lo ha perdido moralmente.

NORA.   ¿Crees que...?

HELMER.   Una persona así, con la conciencia de su crimen, tiene que mentir, disimular a todas horas y enmascararse hasta en el seno de la familia: sí, delante de la esposa y de los hijos. Y eso, cuando se piensa en los hijos, es espantoso.

NORA.   ¿Por qué?

HELMER.   Porque semejante atmósfera de mentira contagia con principios malsanos a toda la familia. Cada vez que respiran los hijos absorben gérmenes de mal.

NORA.   *(Acercándose a él)*. ¿Es eso cierto?

HELMER.   ¿No ha de serlo, querida? He tenido mil ocasiones de comprobarlo como abogado. Casi todas las personas depravadas han tenido madres mentirosas.

NORA.   ¿Por qué madres precisamente?

HELMER.   Se debe a las madres con más frecuencia, aunque el padre, como es natural, haya obrado lo mismo. Todos los abogados lo saben perfectamente. A pesar de eso, Krogstad ha envenenado a sus hijos, durante muchos años, con su atmósfera de mentira y de disimulo, y por eso lo creo moralmente perdido. *(Le tiende las manos)*. Y he ahí por qué mi graciosa Norita ha de prometerme no hablar en favor suyo. Prométemelo. Vamos, ¿qué es eso? La mano. Así. Convenido. Te aseguro que me sería imposible trabajar con él porque semejantes personas me producen gran malestar físico.

NORA.   *(Retira la mano y se coloca en la parte opuesta del árbol)*. ¡Qué atmósfera tan pesada hay aquí! Y yo que tengo tanto que hacer...

HELMER.   *(Levantándose y recogiendo los papeles)*. Necesito repasar parte de esto antes de comer. Después pensaré en tu traje. Es posible que tenga que colgar también alguna cosa en el árbol de Navidad, envuelta en papel dorado. *(Poniéndole la mano en la cabe-*

za). ¡Oh, mi lindo pajarín canoro! *(Entra en su despacho y cierra la puerta).*

ESCENA XV

Nora y Mariana

NORA. *(En voz baja, después de una pausa).* ¡No, no hay tal cosa! ¡Es imposible! ¡Tiene que ser imposible!

MARIANA. *(En la parte de la izquierda).* Los niños se empeñan en venir.

NORA. No, no, no, no les deje usted venir aquí. Vaya con ellos.

MARIANA. Está bien, señora. *(Vase).*

NORA. *(Pálida de terror).* ¡Depravar a mis niños!... ¡Envenenar el hogar! *(Levanta la cabeza).* No es cierto. ¡Es falso! ¡No puede ser cierto!

TELÓN

ACTO SEGUNDO

La misma decoración. Al fondo, junto al piano, está el árbol de Navidad, despojado ya de todos los objetos. Sobre el sofá, el sombrero, los guantes y el abrigo de Nora.

ESCENA PRIMERA

Nora, yendo de un lado a otro con inquietud; al fin, se detiene junto al sofá, toma el abrigo, medita y vuelve a dejarlo.

NORA. ¡Alguien viene!... *(Se dirige a la puerta y escucha).* No, no hay nadie. No, no, no es para hoy, día de Navidad, ni mañana tampoco... Aunque es posible que... *(Abre la puerta y mira hacia fuera).* En el buzón tampoco hay nada; está vacío. ¡Qué locura! No era seria la amenaza. No puede ocurrir semejante cosa. Tengo tres hijos. *(Mariana entra por la izquierda con una caja grande de cartón).*

ESCENA II

Nora y Mariana

MARIANA. Al fin he encontrado la caja del traje.

NORA. Está bien. Póngala sobre la mesa.

MARIANA. *(Lo hace).* El traje quizá no sirva como está.

NORA. ¡Ah! De buena gana lo haría mil pedazos.

MARIANA. ¡Ay, eso no! Puede arreglarse fácilmente; sólo se necesita un poco de paciencia.

NORA. Sí, iré a rogar a la señora de Linde que me ayude.

Mariana.   ¿Salir otra vez? ¿Con este tiempo tan malo? Va usted a caer enferma.

Nora.   No sería lo peor que puede ocurrirme. ¿Qué hacen los niños?

Mariana.   Los pobrecillos están jugando con los regalos de Navidad, pero...

Nora.   ¿Hablan mucho de mí?

Mariana.   Están tan acostumbrados a no separarse de su mamá...

Nora.   Sí, Mariana, pero, ya ve usted, en el porvenir no podré estar tanto con ellos.

Mariana.   Los niños se acostumbran a todo.

Nora.   ¿Lo cree usted así? ¿Cree usted que si su mamá se marchara para siempre la olvidarían?

Mariana.   ¡Dios me valga!... ¡Para siempre!...

Nora.   Dígame, Mariana... yo me he preguntado muchas veces una cosa. ¿Cómo tuvo usted valor para confiar su hijo a manos extrañas?

Mariana.   ¿Qué remedio me quedaba, teniendo que criar a Norita?

Nora.   Sí, pero, ¿cómo pudo usted decidirse?

Mariana.   ¡Como se trataba de una colocación tan buena! ¡No era poca suerte para una muchacha que había tenido una desgracia! Porque el bribón no quería hacer nada en favor mío.

Nora.   Seguramente su hija la habrá olvidado.

Mariana.   Ni pensarlo. Me escribió cuando tomó la primera comunión, y luego, otra vez, cuando contrajo matrimonio.

Nora.   *(Echándole los brazos al cuello).* Mariana mía, usted fue una buena madre para mí, cuando era pequeña.

Mariana.   La pobre Norita no tenía más madre que yo.

NORA. Y, si los niños llegaran a no tenerla tampoco, sé bien que usted... ¡Todo esto es hablar por hablar! *(Abre la caja)*. ¡Ea! Vaya usted a su lado. Yo tengo que... Ya verá usted qué guapa me pongo mañana.

MARIANA. En todo el baile no habrá otra más guapa que la señorita; eso es indudable. *(Vase por la puerta de la izquierda)*.

NORA. *(Abriendo la caja, pero rechazándola enseguida)*. Si me atreviera a salir... Si tuviera la seguridad de que no venía nadie... Si supiera que no había de ocurrir nada en la casa mientras tanto... ¡Qué locura! No vendrá nadie. ¡Fuera cavilaciones! ¡A peinar el manguito! ¡A ponerse los guantes majos, los guantes majos! ¡A desechar estas ideas! Uno, dos, tres, cuatro, cinco, seis... *(Lanza un grito)*. ¡Ah!, están ahí... *(Intenta dirigirse a la puerta, y quédase indecisa. Entra Cristina, después de dejar el sombrero y el abrigo en la antecámara)*.

ESCENA III

Nora y Cristina

NORA. ¡Ah! ¿Eres tú, Cristina? ¿No viene nadie más, verdad? ¡Qué oportunamente llegas!

CRISTINA. He sabido que habías ido a buscarme.

NORA. Sí, pasaba precisamente por tu casa. Quería rogarte que me ayudases. Sentémonos en el sofá y te diré de qué se trata. Mañana hay baile de trajes en el piso de encima de nosotros, en casa del cónsul Stenborg. Torvaldo desea que me disfrace de pescadora napolitana y que baile la tarantela que aprendí en Capri.

CRISTINA. ¡Hola, hola! Vas a dar una función completa.

NORA. Sí, es deseo de Torvaldo. Aquí tienes el traje. Me lo mandó hacer Torvaldo; pero está tan estropeado que realmente no sé...

CRISTINA. *(Después de examinar el traje)*. Pronto se arregla. No tiene más que descosido el adorno por algunos sitios. ¡Volando! Hilo y aguja. ¡Ah! Aquí hay de todo.

NORA.   ¡Qué buena eres!

CRISTINA.   *(Cosiendo).* ¿De modo que te disfrazas mañana? Oye, vendré un momento a verte. ¡También yo!... No me he acordado de darte las gracias por la buena velada de ayer.

NORA.   *(Levantándose y atravesando la habitación).* Me parece que ayer no se estaba aquí tan bien como de costumbre. Debías haber llegado de fuera poco antes, Cristina... Torvaldo tiene la habilidad de hacer agradable la casa.

CRISTINA.   Y tú también... no niegas que eres hija de tu padre. Pero, dime, ¿el doctor Rank continúa tan abatido como ayer?

NORA.   No, ayer lo estaba más que de costumbre. El infeliz padece una afección terrible de la médula espinal. Su padre era un hombre repugnante, que tenía queridas y... todavía podría decirse algo más. Por eso está el hijo enfermizo desde la infancia como comprendes.

CRISTINA.   *(Dejando caer la labor).* Pero, ¿quién te cuenta semejantes cosas, Nora?

NORA.   ¡Bah! Cuando una ha tenido tres hijos, recibe visitas de ciertas señoras que son medio médicas y que cuentan muchas cosas.

CRISTINA.   *(Reanuda la costura. Pausa).* ¿Viene todos los días el doctor Rank?

NORA.   Todos los días. Es nuestro mejor amigo. El doctor Rank, es, por decirlo así, de la casa.

CRISTINA.   ¿Es completamente sincero? Quiero decir... si es amigo de lisonjas.

NORA.   Es todo lo contrario. ¿Por qué se te ocurre esa idea?

CRISTINA.   Ayer, cuando me lo presentaste, aseguró que había oído aquí frecuentemente mi nombre, y, sin embargo, advertí luego que tu marido no tenía la menor noticia de mí. ¿Cómo se explica entonces que el doctor Rank haya podido...?

NORA.   Tienes razón, Cristina. Torvaldo me ama extraordinariamente y quiere que yo sea sólo de él, como dice. Al principio le daba celos el oírme hablar de las personas queridas que me rodeaban antes, y, naturalmente, me abstuve de hacerlo desde entonces, pero con el doctor Rank hablo a menudo de ellas. Le distrae oírme.

CRISTINA.   Escúchame bien, Nora. Tú eres una niña en más de un concepto; yo tengo más edad que tú y alguna más experiencia y voy a darte un consejo a propósito del doctor Rank: te convendría poner fin a todo esto.

NORA.   ¿Poner fin a qué?

CRISTINA.   A muchas cosas. Ayer me hablabas de un adorador rico que debía proporcionarte dinero.

NORA.   Es verdad; pero ese adorador no existe... por desgracia. ¿Qué otra cosa?

CRISTINA.   ¿Es rico el doctor Rank?

NORA.   Sí, tiene fortuna.

CRISTINA.   ¿Y familia?

NORA.   Ninguna; ¿pero...?

CRISTINA.   ¿Y viene aquí diariamente?

NORA.   Ya sabes que sí.

CRISTINA.   ¿Y cómo comete esa falta de delicadeza un hombre caballeroso?

NORA.   No te comprendo poco ni mucho.

CRISTINA.   No disimules, Nora. ¿Crees que no adivino a quién pediste los mil doscientos escudos?

NORA.   ¿Has perdido el juicio? ¿Puedes creer de veras semejante cosa? ¡A un amigo, que viene aquí todos los días! ¡Pues no sería violenta la situación!

CRISTINA.   Entonces, ¿de veras no es él?

NORA.   ¡Claro que no! Ni un solo instante se me ha ocurrido semejante idea. Además, él no podía prestar dinero en aquella época, lo ha heredado después.

CRISTINA. Ha sido una suerte para ti, querida Nora.

NORA. No, mujer; jamás se me ocurriría la idea de pedir al doctor... Y eso que estoy segura de que si le pidiera...

CRISTINA. Pero, naturalmente, no lo harás.

NORA. Por supuesto. Tampoco creo que sea necesario; pero estoy segurísima de que si yo hablase al doctor Rank...

CRISTINA. ¿Sin saberlo tu esposo?...

NORA. Es menester salir de esta situación. También lo di sin que él lo supiera. Es preciso que esto concluya.

CRISTINA. Ya te lo decía ayer; pero...

NORA. *(Yendo de un lado para otro).* Un hombre puede resolver más fácilmente esta clase de asuntos que una mujer...

CRISTINA. Si hablas del marido, sí.

NORA. ¡Tonterías! *(Se detiene).* Cuando se ha pagado todo, ¿se devuelve el recibo, no es eso?

CRISTINA. Naturalmente.

NORA. ¡Y puede romperse en mil pedazos y quemarse... el inmundo papel!

CRISTINA. *(La mira con fijeza; abandona la labor y se levanta lentamente).* Nora, tú me ocultas algo.

NORA. ¿Me lo conoces en la cara?

CRISTINA. Desde ayer mañana ha ocurrido alguna cosa. Nora, dime de qué se trata.

NORA. *(Volviéndose hacia ella).* ¡Cristina! *(Escuchando).* ¡Silencio! Torvaldo está ahí. Ve al cuarto de los niños. Torvaldo no puede ver coser. Di a Mariana que te ayude.

CRISTINA. *(Recogiendo parte de la labor).* Bueno; pero no me iré hasta que me hayas contado todo francamente. *(Mutis por la izquierda; al mismo tiempo entra Helmer por la de la antecámara).*

ESCENA IV

Helmer y Nora

NORA. *(Yendo al encuentro de Helmer).* ¡Con qué impaciencia te esperaba, querido Torvaldo!

HELMER. ¿Era la costurera?

NORA. No, era Cristina, que me está ayudando a arreglar el traje... ¡Ya verás qué golpe doy!

HELMER. Sí, he tenido una buena idea.

NORA. ¡Soberbia! Pero yo también tengo el mérito de tratar de complacerte.

HELMER. *(Acariciándole la barbilla).* ¿Mérito?... ¿Por complacer a tu marido? Vamos, vamos, loquilla, ya sé que no es eso lo que querías decir. Pero no quiero interrumpirte; tendrás que probarte el vestido, supongo.

NORA. ¿Y tú? ¿Vas a trabajar?

HELMER. Sí. *(Enseña papeles).* Mira. He ido al Banco. *(Va a entrar en el despacho).*

NORA. Torvaldo.

HELMER. *(Deteniéndose).* ¿Decías?

NORA. ¿Si la ardillita te suplicara encarecidamente una cosa?

HELMER. ¿Qué?

NORA. ¿La harías, di?

HELMER. Ante todo necesito saber de qué se trata.

NORA. Si tú quisieras ser complaciente y amable, la ardillita brincaría y haría toda clase de monadas.

HELMER. Habla de una vez.

NORA. La alondra gorjearía en todos los tonos.

HELMER. La alondra no hace más que eso.

NORA. Bailaría para distraerte como las sílfides a la luz de la luna.

HELMER. Nora... ¿no será aquello de que hablaste esta mañana?

NORA. *(Acercándose).* Sí, Torvaldo... ¡Hazme este favor!

HELMER. ¿Y tienes valor para volver a hablar de ese asunto?

NORA. Sí, sí, tienes que acceder, deseo que Krogstad conserve su puesto en el Banco.

HELMER. Mi querida Nora, he destinado esa plaza a la señora de Linde.

NORA. Te lo agradezco mucho; pero, bueno, no tienes más que dejar cesante a otro en vez de a Krogstad.

HELMER. ¡Eso es una terquedad que pasa de la raya! Porque ayer hiciste irreflexivamente una promesa, quieres que...

NORA. No es por eso, Torvaldo. Es por ti. Me has dicho que ese hombre escribe en los peores periódicos... ¡Podrá hacerte daño! ¡Me inspira un miedo espantoso!

HELMER. ¡Oh! Ya comprendo... Te acuerdas de otras épocas y te asustas.

NORA. ¿A qué aludes?

HELMER. Piensas evidentemente en tu padre.

NORA. Eso; sí. Acuérdate de todo lo que escribieron en los periódicos contra papá personas viles... y de todas las calumnias que lanzaron contra él. Creo que lo habrían destituido, de no haberte enviado al ministerio para hacer la información y de no haberte mostrado tan benévolo con él.

HELMER. Norita mía, existe una gran diferencia entre tu padre y yo. Tu padre no era funcionario inatacable; yo sí, y espero continuar siéndolo mientras conserve mi posición.

NORA. ¡Oh! ¡Quién sabe lo que son capaces de inventar las malas lenguas! ¡Podríamos vivir tan bien, tan tranquilos, tan contentos, en nuestro apacible nido, tú, los niños y yo! Por eso es por lo que te suplico con tanta insistencia.

HELMER.   Pues precisamente por hablarme tú en su favor me es imposible acceder. Ya se sabe en el Banco que va a quedarse cesante, y si ahora se supiera que la mujer del nuevo director le había hecho variar de opinión...

NORA.   ¿Qué?

HELMER.   No, poco importa, naturalmente, con tal que tú te salgas con la tuya. ¿Puedes querer que me ponga en ridículo a los ojos de todo el personal?... ¿A dar a entender que soy accesible a toda clase de influencias extrañas? Puedes estar segura de que no tardarían en dejarse sentir las consecuencias. Y, además, hay otra razón que hace imposible la permanencia de Krogstad en el Banco mientras yo sea director.

NORA.   ¿Cuál?

HELMER.   En lo que respecta a su mancha moral... yo en rigor hubiera podido ser indulgente...

NORA.   ¿Sí, verdad, Torvaldo?

HELMER.   Sobre todo después de saber que es un buen empleado; pero le conozco hace mucho tiempo. Es una de esas amistades de la juventud, contraídas a la ligera, y que después nos estorban frecuentemente en la vida. Para decírtelo todo nos tuteamos. Y ese hombre tiene tan poco tacto, que no disimula en presencia de otras personas, sino que, por lo contrario, cree que tiene derecho a usar conmigo un tono familiar, y siempre está *tú* por arriba, *tú* por abajo. Te juro que eso me molesta mucho y haría intolerable mi situación en el Banco.

NORA.   Torvaldo, tú no piensas una palabra de lo que dices.

HELMER.   Sí, tal. ¿Por qué no?

NORA.   Porque sería un motivo mezquino.

HELMER.   ¿Qué dices? ¿Mezquino? ¿Me juzgas mezquino?

NORA.   No, al revés, querido Torvaldo, y por eso...

HELMER. Es lo mismo. Tú dices que son mezquinos mis motivos; por consiguiente, debo serlo yo. ¿Mezquino? ¿De veras? Es tiempo de que esto concluya. *(Llamando)*. ¡Elena!

NORA. ¿Qué vas a hacer?

HELMER. *(Buscando entre los papeles)*. Tomar una resolución.

ESCENA V

Dichos y Elena

HELMER. Tenga usted esta carta. Salga enseguida a buscar un mozo para que la lleve, ¡inmediatamente! Las señas van puestas. Tome usted el dinero.

ELENA. Bien, señorito. *(Vase con la carta)*.

ESCENA VI

Nora y Helmer

HELMER. *(Arrollando los papeles)*. ¡Ea!, señora terca.

NORA. *(Con voz ahogada)*. ¿Qué va en ese sobre?

HELMER. La cesantía de Krogstad.

NORA. ¡Recógela, Torvaldo! Todavía es tiempo. ¡Oh! Torvaldo, ¡recógela! ¡Hazlo por mí... por ti, por los niños! ¡Óyeme, Torvaldo!... ¡haz eso! No sabes la desgracia que puede acarrearnos a todos.

HELMER. Es demasiado tarde.

NORA. Sí, demasiado tarde.

HELMER. Querida Nora, te perdono esta angustia, aun cuando no sea otra cosa que una injuria a mí. ¡Sí, lo es! ¿No es una injuria creer que yo podría temer la venganza de un abogaducho perdido? Pero te lo perdono de todos modos, porque eso demuestra el gran cariño que me tienes. *(La toma en brazos)*. Es preciso, adorada Nora. Suceda lo que quiera. En los momentos graves, tengo fuerzas y valor y arrostro todas las responsabilidades.

NORA. *(Asustada)*. ¿Qué quieres decir?

HELMER. He dicho *todas las responsabilidades*.

NORA. *(Con acento firme)*. ¡Jamás, jamás harás eso!

HELMER. Bien; pues las compartiremos, Nora, como marido y mujer. Así debe ser. *(Acariciándola)*. ¿Estás contenta ahora? Vamos, vamos, nada de miradas de paloma asustada. Todo es pura fantasía. Ahora debes tocar la tarantela y ensayar en la pandereta. Yo me encerraré en mi despacho y desde allí no oiré nada. Puedes hacer todo el ruido que quieras y cuando venga Rank le dices dónde estoy. *(Le hace una seña con la cabeza, entra en el despacho llevando los papeles y cierra la puerta)*.

ESCENA VII

Nora, Rank y después Elena

NORA. *(Sumamente angustiada, permanece inmóvil y dice a media voz)*. Sería capaz de hacerlo. Lo hará a pesar de todo. ¡Jamás, oh, jamás! ¡Antes cualquier cosa!... ¡Valor!... ¡Un pretexto!... *(Llaman)*. ¡El doctor Rank!... ¡Antes cualquier cosa! ¡Cualquiera! *(Se pasa la mano por la frente, procurando tranquilizarse y va a abrir la puerta de entrada. Se ve al doctor Rank colgando el abrigo. Empieza a anochecer)*. ¡Buenas tardes, doctor! Lo he conocido a usted en el modo de llamar. No entre usted ahora en el despacho de Torvaldo: está ocupado.

RANK. ¿Y usted?

NORA. *(Mientras, entra el doctor y ella cierra la puerta)*. ¡Oh! Ya sabe... para usted siempre tengo un momento.

RANK. ¡Gracias! Me aprovecharé todo el tiempo que pueda.

NORA. ¿Cómo todo el tiempo que pueda?

RANK. Sí. ¿Se asusta usted?

NORA. La frase es algo extraña. ¿Es que va a ocurrir algo?

RANK. Lo que he previsto hace mucho tiempo; pero no creía que fuera tan pronto.

NORA. *(Asiéndole de un brazo).* ¿Qué sucede? ¿Qué le han dicho a usted? Doctor, tiene usted que contármelo.

RANK. *(Sentándose cerca de la chimenea).* Estoy al fin de la pendiente. Ya no hay nada que hacer.

NORA. *(Aliviada).* ¿Se trata de usted?...

RANK. Pues, ¿de quién? ¿A qué engañarme a mí mismo? Soy el más mísero de todos mis pacientes... Estos días he hecho el examen general de mi estado. ¡Es la bancarrota! Antes de un mes estaré quizá convertido en un puñado de tierra.

NORA. ¡Qué disparate! ¡Vaya una manera tan fea de hablar!

RANK. Es que la cuestión es horriblemente fea. Lo peor, sin embargo, son los horrores que han de preceder. No me queda ya más que hacer un solo examen, y en cuanto lo haga, sabré sobre poco más o menos cuándo empezará el desenlace. Deseo decir a usted una cosa: Helmer, con su temperamento delicado, tiene horror a todo lo feo. No quiero verlo a mi cabecera.

NORA. ¡Oh, pero, doctor!...

HELMER. No quiero. Bajo ningún pretexto. Le cerraría la puerta de mi casa. Tan pronto como tenga la certidumbre de la catástrofe, le enviaré a usted mi tarjeta de visita señalada con una cruz negra y así sabrá usted que ha empezado el desastre.

NORA. No; hoy está usted demasiado extravagante. Y yo que tenía tanta necesidad de que estuviera usted de buen humor...

RANK. ¿Con la muerte ante los ojos?... *(Pausa).* ¿Y pagar por otro? ¿Eso es justicia? En cada familia hay de una u otra manera una liquidación de ese género...

NORA. *(Tapándose los oídos).* ¡Silencio! ¡Estamos alegres, estamos alegres!

Rank. La verdad es que es cosa de risa. Mi espina dorsal, la pobre inocente, debe sufrir aún a causa de la alegre vida que hizo mi padre cuando era teniente.

Nora. *(A la izquierda, cerca del velador)*. ¿Le gustaban demasiado los espárragos y los pasteles, verdad?

Rank. Sí, y las trufas.

Nora. ¡Ah, sí!, las trufas, ¿y también las ostras?

Rank. Y las ostras, naturalmente.

Nora. Y tragos de oporto y de champaña... Es lamentable que todas esas cosas tan buenas ataquen a la espina dorsal.

Rank. Especialmente cuando atacan a una infeliz espina dorsal que jamás disfrutó de ellas.

Nora. ¡Ah, sí! ¡Eso es lo más triste!

Rank. *(Mirándola atentamente)*. ¡Hum!

Nora. *(Después de una pausa)*. ¿Por qué se sonríe usted?

Rank. Si es usted la que se ha sonreído.

Nora. No, doctor, le juro que ha sido usted.

Rank. *(Levantándose)*. Es usted más bromista de lo que suponía.

Nora. Es que hoy me encuentro tan dispuesta a decir locuras...

Rank. Ya se advierte.

Nora. *(Poniendo las manos sobre los hombros del doctor)*. Querido, querido doctor. No hay que morirse y abandonarnos a Torvaldo y a mí.

Rank. ¡Oh! Será una desgracia de la que se consolarán ustedes pronto. ¡Se olvida con tanta facilidad a los que mueren!...

Nora. *(Mirándolo con inquietud)*. ¿Cree usted?...

Rank. Se adquieren nuevas relaciones, y después...

Nora. ¿Que se adquieren nuevas relaciones?

Rank.   Usted y Helmer lo harán así, tan pronto como yo desaparezca. Usted ya me parece que ha empezado. ¿Qué tenía que hacer aquí ayer noche la señora de Linde?

Nora.   ¡Ah!... No irá usted a tener celos de esa pobre Cristina.

Rank.   Sí, los tengo. Será mi sucesora en la casa. Cuando yo muera, esa señora...

Nora.   ¡Silencio! No hable tan alto, que está aquí.

Rank.   ¿También hoy? Ya lo ve usted.

Nora.   Ha venido a arreglar mi traje. ¡Dios mío, qué incomprensible está usted hoy! *(Sentándose en el sofá)*. Ahora hay que ser juiciosos, doctor. Mañana verá con qué gracia bailo y podrá usted decir que no lo hago más que por usted... sí, y por Torvaldo, ¡claro está! *(Saca varias cosas de la caja)*. Doctor, venga a sentarse, para que le enseñe alguna cosa...

Rank.   *(Sentándose)*. ¿Qué va a enseñarme?

Nora.   No tiene usted más que mirar... ¡Vea usted!

Rank.   Medias de seda.

Nora.   Color carne. ¿No es cosa bonita? Ahora está demasiado oscuro; pero mañana... No, no, no; usted no verá más que los pies. Sin embargo, si por causalidad viera usted algo más...

Rank.   ¡Hum!...

Nora.   ¿Por qué me pone usted ese gesto de duda? ¿No cree que me estarán bien?

Rank.   ¿En qué he de fundarme?

Nora.   *(Mirándolo un momento)*. ¡Váyase usted a paseo! ¡Qué mala persona! *(Sacudiéndole ligeramente una oreja con las medias)*. Esto es lo que usted merece. *(Las vuelve a guardar en la caja)*.

Rank.   ¿Qué más maravillas hay que ver?

Nora.   Ninguna; usted no tiene que ver ya nada, por no tener juicio. *(Registra la caja tarareando)*.

RANK.   *(Después de una breve pausa)*. Cuando estoy aquí con usted, familiarmente, no acierto a comprender... No, no comprendo qué hubiera sido de mí si no hubiese venido a esta casa nunca.

NORA.   *(Sonriendo)*. La verdad es que le va a usted aquí muy ricamente.

RANK.   *(Bajando la voz y mirando con fijeza hacia delante)*. Y tener que abandonar todo esto...

NORA.   ¡Tonterías! ¡Qué ha de abandonarnos usted!...

RANK.   *(Como antes)*. Y no dejar tras de sí el más leve motivo de gratitud... no dejar a lo sumo más que una pena pasajera... no dejar más que un puesto vacío, que podrá ocupar el primero que llegue.

NORA.   ¿Y si yo le pidiera a usted...? No...

RANK.   ¿Si me pidiera usted qué?...

NORA.   Una gran prueba de cariño.

RANK.   Sí, ¿qué?

NORA.   Es decir, un servicio inmenso.

RANK.   ¿Me proporcionará alguna vez esa gran alegría?

NORA.   Sí, pero usted no puede suponer siquiera de qué se trata.

RANK.   Vamos a ver. Hable.

NORA.   No, no puedo, doctor; ¡es cosa tan enorme! Un consejo, una ayuda y un servicio a la vez...

RANK.   Tanto mejor. No sospecho qué pueda ser; pero concluya de hablar. ¿No tiene usted confianza en mí?

NORA.   Como en nadie. Ya sé que es usted mi mejor y mi más leal amigo, y por eso voy a decírselo todo. Pues bien, doctor, tiene que ayudarme a evitar una cosa. Usted sabe lo que me quiere Torvaldo, que no vacilaría un instante en dar su vida por mí.

RANK.   *(Inclinándose hacia ella)*. Nora... ¿Cree usted que él sea el único?

81

NORA. *(Haciendo un ligero movimiento)*. ¿Cómo?

RANK. ¿El único que daría la vida con alegría por usted?

NORA. *(Tristemente)*. ¿Pero de veras?...

RANK. He jurado que lo sabría usted antes de morir yo. Jamás hubiera encontrado mejor oportunidad. Sí, Nora, ya lo sabe usted, y es tanto como decirle que puede confiarse a mí como a nadie.

NORA. *(Levantándose tranquilamente)*. Déjeme usted.

RANK. *(Dejando paso, pero sin levantarse)*. ¡Nora!

NORA. *(En la puerta de entrada)*. Elena, trae la lámpara. *(Dirigiéndose hacia la chimenea)*. ¡Oh, querido doctor! ¡Qué mal hace!

RANK. ¿Es un mal haberla amado lo más profundamente posible?

NORA. No, sino haberlo confesado. Bastante era...

RANK. ¿Qué quiere usted decir? ¿Que lo sabía? *(Entra la doncella con la lámpara, la deja en la mesa y vase)*. Nora... señora... le pregunto a usted si lo sabía.

NORA. ¿Sé yo acaso?... No puedo decírselo a usted... ¡Cómo ha podido usted cometer tal torpeza, doctor! Iba todo tan bien...

RANK. En fin, ahora tiene usted la certidumbre de que estoy a su disposición en cuerpo y alma. ¿Quiere usted hablar?

NORA. *(Mirándolo)*. ¿Después de lo que acaba de declararme?

RANK. Por favor, dígame de qué se trata.

NORA. Asunto concluido. No sabrá usted nada.

RANK. ¡Sí, sí! No me castigue de ese modo. Déjeme ayudarla hasta donde sea humanamente posible.

NORA. Ahora ya no puede usted hacer nada en mi obsequio... Además, no necesito a nadie. Como usted comprenderá, son simples caprichos y no otra cosa. ¡Eso es evidente! *(Se sienta en la mecedora y lo mira sonriendo)*. Realmente, es usted lo que se llama un pícaro redomado, doctor Rank. ¿No le da a usted vergüenza ahora que está encendida la lámpara y nos vemos las caras?

RANK. A decir verdad, no. Pero, ¿es cosa de que me marche... para siempre?

NORA. Ni soñarlo. Vendrá usted, naturalmente, como antes, porque sabe bien que Torvaldo no puede pasarse sin usted.

RANK. Sí, pero, ¿y usted?

NORA. ¿Yo? Veo todo con tan buenos ojos cuando esta usted aquí...

RANK. Eso es precisamente lo que me ha inducido a error. ¡Es usted un enigma! Me ha parecido muchas veces que usted se complacía en estar conmigo tanto como con Helmer.

NORA. Y es cierto, porque hay personas amadas y personas agradables.

RANK. Es verdad.

NORA. Cuando estaba en mi casa quería a papá sobre todo, naturalmente, pero mi mayor placer era bajar a escondidas al cuarto de las criadas, porque no me sermoneaban nunca y andaban siempre contándose unas a otras cosas tan divertidas...

RANK. ¡Ah, divinamente! ¿De modo que he sustituido a las criadas?

NORA. *(Levantándose con viveza y corriendo hacia él).* No, por Dios, querido doctor, no es eso lo que he querido decir; pero usted puede suponer que ahora me pasa con Torvaldo lo mismo que con papá.

ELENA. *(Saliendo de la antecámara).* ¡Señorita! *(Le habla al oído y le entrega una tarjeta).*

NORA. *(Mirando la tarjeta).* ¡Ah! *(La guarda en el bolsillo).*

RANK. ¿Alguna cosa enojosa?

NORA. ¡No, nada de eso! Es... es mi nuevo traje...

RANK. ¿Cómo? ¡Pues si está ahí!

NORA.   Bien, sí, ése; pero es otro. Lo he encargado yo... Torvaldo no sabe nada...

RANK.   ¡Ah! Es ése entonces el gran secreto.

NORA.   ¡Claro! Vaya usted corriendo al lado de Torvaldo y no le deje venir...

RANK.   Esté usted tranquila; no se me escapará. *(Pasa a las habitaciones de Helmer).*

NORA.   *(A la doncella).* ¿Y espera en la cocina?

ELENA.   Sí, señora; ha subido por la escalera de servicio...

NORA.   ¿No le has dicho que tenía visita?

ELENA.   Sí; pero ha sido inútil.

NORA.   ¿No ha querido marcharse?

ELENA.   No; dice que no se irá hasta después de haber hablado con la señorita.

NORA.   Bien. Pues que pase; pero sin hacer ruido, y no se lo digas a nadie, Elena; es una sorpresa para el señorito.

ELENA.   Sí, sí, comprendo... *(Vase).*

NORA.   ¡Va a estallar el trueno gordo! Aquí lo tenemos. ¡No, no, no, no puede, no debe ocurrir semejante cosa! *(Cierra con llave la puerta del despacho de Helmer. Después entran la doncella y Krogstad. Éste, en traje de viaje, con botas recias y gorra de pieles).*

ESCENA VIII

Nora y Krogstad

NORA.   *(Adelantándose hacia Krogstad).* Habla bajo, que está ahí mi marido.

KROGSTAD.   No hay inconveniente.

NORA.   ¿Qué quiere usted?

KROGSTAD.   Decirle una cosa.

NORA.   ¡Hable pronto! ¿Qué desea decirme?

KROGSTAD.   ¿Usted sabe que he recibido la cesantía?

NORA.   No he podido evitarlo, señor Krogstad. He defendido su causa cuanto me ha sido posible, pero todos mis esfuerzos han resultado inútiles.

KROGSTAD.   ¿Tan poco la ama a usted su marido? Sabe lo que puede ocurrir, y, a pesar de eso, se atreve...

NORA.   ¿Cómo puede usted suponer que lo sepa?

KROGSTAD.   Realmente no lo he creído nunca, porque no es persona que tenga tanto valor mi buen Torvaldo Helmer.

NORA.   Señor Krogstad, exijo que se respete a mi marido.

KROGSTAD.   Se supone. Se le respeta cuanto es debido. Pero, puesto que usted pone tanto empeño en ocultar este asunto, me permito suponer que está usted mejor informada que ayer respecto a la gravedad de lo que hizo.

NORA.   Mejor informada que hubiera podido serlo por usted.

KROGSTAD.   Efectivamente; un jurista tan malo...

NORA.   ¿Qué quiere usted?

KROGSTAD.   Nada. Ver sólo cómo está usted, señora. He pasado todo el día pensando en usted. Por más que uno sea un abogaducho, un... en fin, un sujeto como yo, no deja de tener algo que se llama corazón, después de todo.

NORA.   Demuéstrelo usted; piense en mis hijos.

KROGSTAD.   ¿Ha pensado en los míos su marido? Pero importa poco. Yo sólo quería decirle a usted que no tomara la cosa muy por lo trágico, pues, por el momento, no he de presentar acusación contra usted.

NORA.   ¿No, verdad? Estaba segura.

KROGSTAD. Se puede terminar este asunto amistosamente, sin que se enteren otras personas. Todo puede quedar entre nosotros tres.

NORA. Mi marido no debe saber nada nunca...

KROGSTAD. ¿Cómo va usted a impedirlo? ¿Acaso puede pagar el resto de la deuda?

NORA. Inmediatamente, no.

KROGSTAD. ¿Ha encontrado quizá manera de adquirir dinero estos días?

NORA. No. Medio que me avenga a emplear, ninguno.

KROGSTAD. Además, no le serviría a usted de nada, no he de devolverle el pagaré por todo el dinero del mundo.

NORA. Explíqueme entonces cómo quiere utilizarlo.

KROGSTAD. Deseo conservarlo simplemente, tenerlo en mi poder; pero ningún extraño sabrá nada. De manera que si había pensado usted en alguna resolución desesperada...

NORA. Sí que he pensado.

KROGSTAD. ... En abandonarlo todo y huir...

NORA. Lo he pensado, sí.

KROGSTAD. ... O en algo peor todavía.

NORA. ¿Cómo?

KROGSTAD. ... Renuncie a esas ideas.

NORA. Pero, ¿cómo sabe usted que las tengo?

KROGSTAD. Casi todos las tenemos al principio. Yo las tuve como los demás; pero confieso que me faltó valor.

NORA. *(Con voz sorda).* ¡A mí también!

KROGSTAD. *(Tranquilizado).* ¿No es verdad? A usted también le falta valor.

NORA. Sí.

KROGSTAD. Además, sería una solemne tontería, porque, pasada la primera tempestad conyugal... Aquí, en el bolsillo, traigo una carta para su esposo...

NORA. ¿Se lo cuenta usted todo?

KROGSTAD. Con las mayores atenuaciones posibles.

NORA. *(Con precipitación).* No verá esa carta. Rómpala y yo buscaré el dinero para pagarle.

KROGSTAD. Dispénseme, señora, pero creo haberle dicho hace un momento...

NORA. ¡Oh! No hablo del dinero que le debo a usted. Dígame cuánto piensa pedir a mi marido y se lo entregaré yo.

KROGSTAD. No pido dinero a su marido.

NORA. ¿Pues qué pide entonces?

KROGSTAD. Se lo diré. Quiero prosperar, señora, quiero hacer fortuna; y ha de ayudarme su marido. Durante año y medio no he cometido ningún acto deshonroso; durante todo ese tiempo he luchado con las más duras dificultades. Estaba satisfecho con volver a subir paso a paso. Ahora me dejan cesante y no me basta ya que me repongan por favor. Quiero prosperar, digo. Quiero entrar en el Banco... en mejores condiciones que antes; su marido tiene que crear una plaza para mí...

NORA. ¡Eso no lo hará nunca!

KROGSTAD. Lo hará; lo conozco... no se atreverá a pestañear, y, conseguido esto, ya verá usted. Antes de un año seré la mano derecha del director. Quien dirigirá el Banco será Enrique Krogstad y no Torvaldo Helmer.

NORA. Jamás ocurrirá semejante cosa.

KROGSTAD. ¿Querría usted acaso...?

NORA. Tengo valor para arrostrar...

KROGSTAD. ¡Oh! No me asusta usted. Una dama distinguida y delicada como usted...

NORA.   ¡Ya lo verá usted, ya lo verá!

KROGSTAD.   ¿Bajo el hielo acaso? ¿En el abismo húmedo, frío y sombrío? Y volver a la superficie en la primavera, desfigurada, desconocida, sin cabello.

NORA.   No me asusta usted.

KROGSTAD.   Ni usted a mí. No se hacen esas cosas, señora. ¿Y a qué conducirían, además? De todos modos, lo tengo en el bolsillo.

NORA.   Cuando yo no exista...

KROGSTAD.   Si usted se suicida, estará en mis manos su memoria. *(Nora lo mira perpleja)*. Conque ya está usted advertida. ¡Nada de bobadas! Cuando Helmer reciba mi carta, se apresurará a contestarme. Y acuérdese usted bien de que su marido es quien me obliga a dar este paso. Esto no se lo perdonaré nunca. ¡Adiós, señora! *(Vase)*.

ESCENA IX

Nora y luego Cristina

NORA.   *(Entreabriendo con precaución la puerta del vestíbulo y escuchando)*. Se ha marchado. No le enviará la carta. ¡No, no, es imposible! *(Abre la puerta más cada vez)*. ¿Qué es esto? Se ha detenido. Reflexiona. ¿Iría a...? *(Óyese caer una carta en el buzón, y después los pasos de Krogstad, cuyo ruido va extinguiéndose conforme baja la escalera. Nora reprime un grito y vuelve corriendo hasta el velador. Un momento de silencio)*. ¡Está en el buzón! *(Vuelve sigilosamente a la puerta de la antecámara)*. ¡Está ahí!... ¡Torvaldo, Torvaldo... nos hemos perdido!

CRISTINA.   *(Entrando con el traje por la puerta de la izquierda)*. No he podido hacer más. ¿Quieres probártelo?

NORA.   *(Bajo con voz ahogada)*. Cristina, ven aquí.

CRISTINA.   *(Poniendo el vestido sobre el sofá)*. ¿Qué tienes? Parece que estás completamente trastornada.

NORA.   Ven aquí. ¿Ves esa carta? ¿Ahí, a través de la abertura del buzón?

CRISTINA.   Sí, la veo perfectamente.

NORA.   Esa carta es de Krogstad.

CRISTINA.   ¡Nora!... ¿Fue Krogstad quien te prestó el dinero?

NORA.   Sí. Lo sabrá todo Torvaldo.

CRISTINA.   Créeme, Nora, es mejor para vosotros dos.

NORA.   Es que no lo sabes todo; he puesto una firma falsa.

CRISTINA.   ¡Gran Dios!... ¿Qué dices?

NORA.   ¡Ahora oye, Cristina! Oye lo que voy a decirte; necesito que me sirvas de testigo.

CRISTINA.   ¿De qué? ¡Di!

NORA.   Si yo me volviese loca... y bien puede llegar el caso...

CRISTINA.   ¡Nora!

NORA.   O si me ocurriera alguna desgracia... y no estuviese aquí para...

CRISTINA.   ¡Nora, Nora, has perdido el juicio!

NORA.   Si hubiera entonces alguien que quisiera atribuirse toda la culpa... ¿Comprendes?

CRISTINA.   Sí, ¿pero cómo puedes creer...?

NORA.   En ese caso debes declarar que es falso, Cristina. No estoy loca; estoy en mi sano juicio, y te digo: ninguna otra persona lo supo; obré sola, absolutamente sola. Acuérdate bien de esto.

CRISTINA.   Bien, lo recordaré; pero no comprendo...

NORA.   ¡Ah! ¿Cómo has de comprender? Es que va a realizarse un prodigio.

CRISTINA.   ¿Un prodigio?

NORA. Sí, un prodigio. ¡Pero es tan terrible!... Cristina, es preciso que no ocurra tal cosa; no quiero, a ningún precio.

CRISTINA. Voy a hablar con Krogstad ahora mismo.

NORA. No vayas a verlo; lo pasarías mal.

CRISTINA. Hubo un tiempo en que hubiera hecho el mayor sacrificio del mundo por complacerme.

NORA. ¿Él?

CRISTINA. ¿Dónde vive?

NORA. ¿Qué sé yo?... Digo, sí. *(Se registra el bolsillo)*. Aquí está su tarjeta. ¡Pero la carta!...

HELMER. *(Llamando a la puerta que comunica con sus habitaciones)*. ¡Nora!

NORA. *(Lanzando un grito de angustia)*. ¿Qué ocurre? ¿Qué me quieres?

HELMER. ¡Vamos, vamos! No te asustes, es que no podemos entrar: has cerrado la puerta. ¿Te estás probando el vestido?

NORA. Sí, sí, estoy probándomelo. Voy a estar muy guapa, Torvaldo...

CRISTINA. *(Después de mirar la tarjeta)*. Vive muy cerca de aquí, en la esquina de esta calle.

NORA. Sí, pero, ¿a qué? Estamos perdidos. La carta está en el buzón.

CRISTINA. ¿Tiene la llave tu marido?

NORA. Siempre.

CRISTINA. Krogstad puede reclamar la carta antes de que sea leída, inventando un pretexto cualquiera.

NORA. Pero es precisamente la hora en que Torvaldo acostumbra...

CRISTINA. Entretanto, ve a su habitación. Yo volveré todo lo antes posible. *(Vase precipitadamente por la puerta del vestíbulo).*

ESCENA X

Nora, Helmer y luego Rank

NORA. *(Acercándose a la puerta de Helmer, abriéndola y mirando).* ¡Torvaldo!

HELMER. *(Desde dentro).* Vaya, al fin se puede entrar. Ven, Rank, vamos a ver... *(Apareciendo).* Pero, ¿en qué quedamos?

NORA. ¿Qué, querido Torvaldo?

HELMER. Rank me había preparado para asistir a una gran exhibición del traje.

RANK. *(Presentándose).* Así lo había comprendido; pero, por lo visto, me he engañado.

NORA. De medio a medio. Hasta mañana nadie me verá con todas mis galas.

HELMER. ¡Qué mala cara tienes, Nora! ¿Es que te has fatigado ensayando el baile?

NORA. No, no he ensayado todavía.

HELMER. Pues no habrá más remedio.

NORA. Sí, Torvaldo, es indispensable; pero no puedo dar un paso sin ti. Lo he olvidado por completo.

HELMER. Bien, te ayudaremos.

NORA. ¿Sí, verdad? Al fin vas a ocuparte en mí, Torvaldo. ¿Me lo prometes? Estoy tan intranquila. Esa reunión... ¡Nada de negocios esta noche, nada de letras! ¿Eh? ¿Quieres?

HELMER. Te lo prometo. Esta noche estoy completamente a tu disposición... atolondradilla. ¡Ah, es verdad! Primero tengo que ver una cosa. *(Se dirige hacia la puerta del vestíbulo).*

NORA.   ¿Qué vas a hacer?

HELMER.   A ver si han venido cartas.

NORA.   No, Torvaldo, no vayas.

HELMER.   ¿Por qué?

NORA.   Te lo suplico, Torvaldo... no hay.

HELMER.   Déjame que lo vea. *(Da un paso hacia la puerta. Nora se sienta al piano y empieza a tocar la tarantela).*

HELMER.   *(Deteniéndose para escuchar a Nora).* ¡Ah!

NORA.   No podré bailar mañana si no ensayo hoy contigo.

HELMER.   *(Acercándose a Nora).* ¿De veras tienes tanto miedo, Norita?

NORA.   ¡Ay, sí! ¡Un miedo terrible! Vamos a ensayar ahora mismo; todavía tenemos tiempo antes de sentarnos a la mesa. Ponte ahí, querido Torvaldo, y toca. Corrígeme, dame consejos como acostumbras.

HELMER.   Puesto que lo deseas, vamos allá. *(Se sienta al piano).*

NORA.   *(Abre una caja; saca una pandereta y un chal de varios colores; da un brinco y se sitúa en el centro de la escena).* ¡Ea! ¡Toca! Voy a bailar. *(Helmer toca; Nora baila; Rank permanece detrás de Helmer, contemplando a Nora).*

HELMER.   *(Tocando).* Despacio, despacio.

NORA.   Imposible.

HELMER.   Menos precipitación.

NORA.   Es precisamente lo que hace falta.

HELMER.   ¡Quiá, eso no va bien!

NORA.   *(Riendo y agitando la pandereta).* ¿Qué te decía yo?

RANK.   Permíteme que me siente al piano.

HELMER. *(Levantándose)*. Con mucho gusto, así podré dirigirla mejor. *(Rank se sienta al piano y toca. Nora baila de una manera más desatentada cada vez. Helmer, colocado cerca de la chimenea, le dirige de vez en cuando una observación que ella parece no oír. Se le suelta el cabello, cayéndole por la espalda; no lo advierte y sigue bailando. Entra Cristina).*

ESCENA XI

Dichos, Cristina. Después Elena

CRISTINA. *(Deteniéndose confusa)*. ¡Oh!

NORA. Me sorprendes en plena locura, Cristina.

HELMER. Pero, querida Nora, estás bailando como si te fuera en ello la vida.

NORA. Y así es.

HELMER. Para, Rank. Es un furor. Que pares, te digo. *(Rank deja de tocar el piano y Nora se detiene de repente).*

HELMER. *(A Nora)*. No lo hubiera creído nunca; has olvidado cuanto te enseñé.

NORA. *(Arrojando la pandereta)*. Ya lo ves.

HELMER. Vamos, necesitas mucha dirección.

NORA. ¡Ya ves si la necesito! Tú me guiarás hasta el fin. ¿Me lo prometes, Torvaldo?

HELMER. Puedes tener confianza.

NORA. Ni hoy ni mañana debes pensar más que en mí, no has de abrir ninguna carta, ninguna... ni... el buzón.

HELMER. ¡Bueno! Otra vez el temor a aquel hombre.

NORA. ¡Pues bien, sí! Algo de eso hay también.

HELMER. Nora, te lo veo en la cara; allí hay seguramente una carta suya.

NORA. No sé... es posible; pero ahora no hay que leer cartas. Que no se interponga ninguna sombra entre nosotros hasta que todo haya concluido.

RANK. *(Aparte a Helmer)*. No conviene contrariarla.

HELMER. *(Pasándole el brazo por la cintura)*. Vaya, niña, se hará lo que quieres, pero mañana, después de que bailes...

NORA. Quedarás en libertad.

ELENA. *(Desde la puerta de la derecha)*. La señorita está servida.

NORA. Trae champaña, Elena.

ELENA. Muy bien, señora. *(Vase)*.

HELMER. ¡Hola, hola! Va a haber festín según parece.

NORA. Fiesta y festín hasta mañana. *(Gritando a la doncella)*. Y unas pocas almendras, Elena, o, mejor dicho, muchas. *(A Torvaldo)*. Una vez no es todos los días.

HELMER. *(Tomándole las manos)*. Vamos, vamos, así me gusta. No hay que ponerse loca de terror. Hay que ser la de siempre, mi alondrita canora.

NORA. Sí, Torvaldo, sí. Pero vete mientras; y usted también, doctor. Tú, Cristina, me ayudarás a arreglarme el cabello.

RANK. *(Aparte, a Helmer, dirigiéndose al comedor)*. ¿Y qué?... Todo eso... ¿Presagia... algo de particular?

HELMER. De ningún modo, amigo mío. No es más que esa pueril angustia de que te he hablado. *(Vanse por la derecha)*.

NORA. ¿Y qué?

CRISTINA. Se ha marchado al campo.

NORA. Te lo he leído en la cara.

CRISTINA. Vuelve mañana por la noche; pero le he dejado cuatro letras.

NORA.   No has debido hacerlo. No hay que tratar de impedir nada. En el fondo, es un goce esperar el terror.

CRISTINA.   ¿Qué esperas?

NORA.   ¡Oh! Tú no comprenderías. Ve con ellos. Enseguida iré a reunirme con vosotros. *(Cristina vase)*.

ESCENA XII

Nora y luego Helmer

NORA.   *(Permanece inmóvil un momento como para recogerse; luego mira el reloj)*. Las cinco. Faltan siete horas para la medianoche, y otras veinticuatro horas para la medianoche siguiente. Entonces se habrá bailado la tarantela. ¿Veinticuatro y siete? Tengo treinta y una horas de vida.

HELMER.   *(En la puerta de la derecha)*. Pero, ¿qué hace la alondrita?

NORA.   *(Arrojándose en sus brazos)*. ¡Aquí la tienes!

TELÓN

ACTO TERCERO

La misma decoración. Los muebles —mesa, asientos y sofá— han sido trasladados al centro de la escena. La puerta de la antecámara está abierta. Se oye música, que se supone procedente del piso superior.

ESCENA PRIMERA

Cristina y luego Krogstad

(La primera, sentada cerca de la mesa, hojea distraídamente un libro. De vez en cuando mira con inquietud hacia la puerta y escucha atentamente).

CRISTINA. *(Mirando su reloj).* No viene, y, sin embargo, ha pasado ya la hora. Con tal que... *(Vuelve a escuchar).* ¡Ah, es él! *(Va a la antecámara y abre suavemente la puerta exterior. En voz baja).* Entre usted, estoy sola.

KROGSTAD. *(En la puerta).* He recibido una carta de usted. ¿Qué desea?

CRISTINA. Tengo necesidad absoluta de hablarle.

KROGSTAD. ¿Sí? Y la entrevista, ¿ha de ser aquí precisamente?

CRISTINA. No le podía recibir a usted en mi casa, porque no hay puerta especial. Venga usted; estaremos solos. Los Helmer están de baile en el segundo piso.

KROGSTAD. *(Entrando).* ¡Cómo! ¿Los Helmer están de baile esta noche? ¿Es de veras?

CRISTINA. ¿Qué tiene eso de particular?

KROGSTAD. Nada.

CRISTINA. Krogstad, tenemos que hablar.

KROGSTAD. ¿Nosotros dos? ¿Qué podremos decirnos todavía?

CRISTINA. Muchas cosas.

KROGSTAD. No lo hubiera creído jamás.

CRISTINA. Es que usted no me ha comprendido bien nunca.

KROGSTAD. El asunto no tenía mucho que comprender; esas cosas ocurren diariamente. La mujer sin corazón despide al hombre con quien está en relaciones cuando encuentra otro partido más ventajoso.

CRISTINA. ¿Me cree usted, pues, falta de corazón en absoluto? ¿Supone que no me costó nada el rompimiento?

KROGSTAD. Sin duda.

CRISTINA. ¿Ha creído eso realmente, Krogstad?

KROGSTAD. Si no era así, ¿por qué me escribió usted como lo hizo?

CRISTINA. No podía obrar de otro modo. Decidida a romper, debía arrancar de su corazón todo lo que sintiera por mí.

KROGSTAD. *(Frotándose las manos).* ¡Ah! ¡Eso es!... Y todo por el vil interés.

CRISTINA. No debe usted olvidar que yo tenía entonces que sostener a mi madre y a dos hermanos pequeños. No le podíamos esperar a usted, que sólo tenía entonces esperanzas tan remotas...

KROGSTAD. Aun suponiendo que fuera así, usted no tenía derecho a rechazarme por otro.

CRISTINA. No lo sé. Muchas veces me lo he preguntado.

KROGSTAD. *(Bajando la voz).* Cuando la perdí a usted, creí que me faltaba el suelo. Míreme, soy como un náufrago asido a una tabla.

CRISTINA. Quizá esté próxima la salvación.

KROGSTAD. La tenía ya, y usted ha venido a quitármela.

CRISTINA.   Yo he sido extraña a la cuestión. Krogstad. Hasta hoy no he sabido que la persona a quien iba a sustituir en el Banco era usted.

KROGSTAD.   Lo creo, puesto que lo dice; pero ahora que lo sabe, ¿no renunciará al cargo?

CRISTINA.   No, porque a usted no le serviría de nada.

KROGSTAD.   ¡Ah, bah!... Yo, en el lugar de usted, lo haría de todos modos.

CRISTINA.   He aprendido a obrar juiciosamente. Me lo han enseñado la vida y la dura necesidad.

KROGSTAD.   Pues a mí la vida me ha enseñado a no dar crédito a las palabras.

CRISTINA.   En eso le ha dado a usted una sabia lección; pero, ¿cree usted en los hechos?

KROGSTAD.   Tengo buenas razones para hablar así.

CRISTINA.   Yo también soy un náufrago asido a una tabla: no tengo a nadie a quien consagrarme, nadie que necesite de mí.

KROGSTAD.   Usted lo ha querido.

CRISTINA.   No podía elegir.

KROGSTAD.   ¿A dónde quiere usted ir a parar?

CRISTINA.   ¿Qué le parece a usted si esos dos náufragos se tendieran la mano?

KROGSTAD.   ¿Qué dice usted?

CRISTINA.   ¿No vale más juntarse en la misma tabla?

KROGSTAD.   ¡Cristina!

CRISTINA.   ¿Cuál supone usted que es el motivo que me ha traído a esta ciudad?

KROGSTAD.   ¿Habría usted acaso pensado en mí?

CRISTINA. Necesito trabajar para poder soportar la existencia. Toda mi vida, hasta donde alcanzan mis recuerdos, la he pasado trabajando. Era mi mayor y única alegría. Ahora me encuentro sola en el mundo y advierto un vacío horrible. No pensar más que en sí misma quita todo atractivo al trabajo. Vamos, Krogstad, dígame usted por quién y por qué voy a trabajar.

KROGSTAD. No la creo; eso no es más que orgullo de mujer que se exalta y desea sacrificarse.

CRISTINA. ¿Me ha visto usted jamás exaltada?

KROGSTAD. ¿Sería usted capaz de hacer lo que dice? ¿Conoce todo mi pasado?

CRISTINA. Sí.

KROGSTAD. ¿Conoce usted mi reputación, lo que se dice de mí?

CRISTINA. Sí; lo he comprendido bien hace poco. Usted supone que yo habría podido salvarlo.

KROGSTAD. Estoy seguro de ello.

CRISTINA. ¿No se puede reparar todo?

KROGSTAD. ¡Cristina! ¿Ha pensado usted bien lo que dice? Sí, lo veo en su cara. ¿De modo que tendría el valor...?

CRISTINA. Yo necesito alguien a quien servir de madre, y los hijos de usted necesitan madre. Nosotros también nos sentimos inclinados uno hacia otro. Tengo fe en lo que hay en el fondo de usted, Krogstad... con usted nada me asustará.

KROGSTAD. *(Estrechándole las manos)*. ¡Gracias, Cristina, gracias!... Ahora es preciso que me levante a los ojos del mundo, y sabré hacerlo. ¡Ah! Pero me olvidaba... *(La música ejecuta la tarantela)*.

CRISTINA. *(Escuchando)*. ¡Silencio! ¡La tarantela! ¡Váyase usted, váyase enseguida!

KROGSTAD. ¿Por qué?

CRISTINA. ¿Oye usted esa música? Es que concluye el baile, y van a volver.

KROGSTAD.   Bien, me marcho. Tanto más cuanto que de nada sirve... ¿Usted ignora, por supuesto, el paso que he dado contra los Helmer?

CRISTINA.   Por lo contrario, Krogstad, lo conozco.

KROGSTAD.   ¿Y tenía usted el valor de...?

CRISTINA.   Sé lo que puede la desesperación en una persona como usted.

KROGSTAD.   ¡Oh! ¡Si supiera deshacer mi obra!

CRISTINA.   Puede usted: su carta está todavía en el buzón.

KROGSTAD.   ¿Está usted segura?

CRISTINA.   Lo sé; pero...

KROGSTAD.   *(Mirándola fijamente).* ¿Es ésa la explicación? ¿Desea usted salvar a su amiga a todo precio? Haría usted mejor en confesarlo francamente. ¿Es así?

CRISTINA.   Krogstad, cuando una persona se ha vendido una vez por salvar a alguien, no reincide.

KROGSTAD.   Voy a pedir mi carta.

CRISTINA.   Nada de eso.

KROGSTAD.   ¡Vaya! No faltaba más. Espero la vuelta de Helmer para decirle que deseo recuperar mi carta... que no trata más que de mi cesantía... que no necesita leerla...

CRISTINA.   No, Krogstad, no pida usted la carta.

KROGSTAD.   Pero, sin embargo... ¿No es por eso realmente por lo que me ha hecho usted venir aquí?

CRISTINA.   Durante las veinticuatro últimas horas han ocurrido aquí cosas increíbles, y es conveniente que Helmer lo sepa todo; ese fatal misterio debe disiparse. Hace falta que se expliquen: basta de embustes y de subterfugios.

KROGSTAD.   Bien, si usted lo toma por su cuenta... Pero hay algo que puedo hacer en todo caso y que importa hacer enseguida...

CRISTINA. *(Escuchando).* ¡Despáchese usted! ¡Váyase!... El baile ha terminado, y no estamos ya seguros.

KROGSTAD. La espero a usted abajo.

CRISTINA. Conforme. Me acompañará usted hasta la puerta de mi casa.

KROGSTAD. Jamás he sido tan feliz. *(Vase por la puerta exterior. La de la antecámara sigue abierta hasta el fin).*

ESCENA II

Cristina. Luego Helmer y Nora

CRISTINA. *(Arregla un poco la escena y prepara su abrigo y su sombrero).* ¡Qué porvenir! ¡Qué nueva perspectiva! Tengo por quien trabajar, tengo por quien vivir, tengo un hogar que cuidar. ¡Ah! Voy a empezar una nueva vida. *(Escuchando).* Ya vienen. Pronto, el abrigo. *(Toma el sombrero y el abrigo. Se oye la voz de Helmer y de Nora. Ésta, vestida de napolitana y con chal, entra casi a la fuerza, obligada por Helmer, que viste frac y va cubierto con un dominó).*

NORA. *(En la puerta, resistiéndose).* No, no, no, no quiero entrar; voy a subir otra vez, no quiero retirarme tan pronto.

HELMER. Vamos a ver, querida Nora.

NORA. ¡Ah, por favor, Torvaldo! ¡Te lo suplico!... ¡Sólo una hora!

HELMER. Ni un minuto, Norita. Sabes lo convenido. Vamos; entra, te estás enfriando aquí. *(La obliga a entrar).*

CRISTINA. ¡Buenas noches!

NORA. ¡Cristina!

HELMER. ¡Qué! ¿Es la señora? ¿Usted aquí tan tarde?

CRISTINA. Dispénsenme ustedes: tenía tantos deseos de ver a Nora vestida.

NORA.   ¿Me has esperado aquí todo este tiempo?

CRISTINA.   Sí. Vine muy tarde desgraciadamente; habías subido ya, y no he querido irme sin verte.

HELMER.   *(Quitando el chal a Nora).* Entonces mírela bien. Me parece que vale la pena. ¿Está guapa, no es verdad, señora?

CRISTINA.   Muy guapa. ¡Ya lo creo!

HELMER.   Maravillosamente linda, ¿no es cierto? Era también la opinión de todo el mundo allá arriba. Pero, ¡qué testaruda esta criaturita! ¿Qué hacer contra eso? ¿Quiere usted creer que he tenido que emplear casi la fuerza para sacarla del baile?

NORA.   ¡Ah, Torvaldo! Te arrepentirás de no haberme concedido media hora siquiera.

HELMER.   Figúrese usted, señora. Baila la tarantela; obtiene un éxito loco y bien merecido, aunque acaso ha hecho alarde de demasiada naturalidad, es decir, de alguna más que la que permitían las exigencias del arte. Pero, en fin, lo principal es que ha obtenido un éxito, un éxito colosal. ¿Debía permitirle permanecer allí después? Hubiera disminuido el efecto. ¡En eso estaba yo pensando! Tomé del brazo a mi linda chiquilla de Capri, a mi niña caprichosa, podría decir; vuelta al salón enseguida; saludos a derecha e izquierda, y, como se dice en las novelas... se desvaneció la bella sombra. En los desenlaces es indispensable el efecto, señora, y no puedo hacérselo comprender a Nora. ¡Uf! ¡Qué calor hace aquí! *(Arroja el dominó en una silla y abre la puerta del despacho).* ¿Cómo? ¿No hay luz? ¡Ah! es verdad, usted dispense. *(Entra y enciende dos lámparas).*

NORA.   *(Muy bajo; precipitadamente).* ¿Qué hay?

CRISTINA.   He hablado con él.

NORA.   ¿Y...?

CRISTINA.   Nora... tienes que confesarle todo a tu marido.

NORA.   *(Con voz desfallecida).* Lo sabía.

CRISTINA.   No tienes nada que temer de Krogstad, pero debes hablar.

NORA.   No hablaré.

CRISTINA.   En ese caso, hablará la carta por ti.

NORA.   Gracias, Cristina. Ya sé ahora lo que tengo que hacer.
¡Silencio!...

HELMER.   *(Entrando).* ¿Conque la ha admirado usted bien, señora?

CRISTINA.   Sí, y ahora ya puedo marcharme.

HELMER.   ¿Ya? ¿Es de usted esta obrita?

CRISTINA.   *(Tomando un trozo de media que Helmer le entrega).*
Gracias; habíalo olvidado.

HELMER.   ¿Hace usted media?

CRISTINA.   Sí, señor.

HELMER.   Debería usted bordar.

CRISTINA.   ¿Y por qué?

HELMER.   Es más bonito. Mire usted; se tiene el bordado en la
mano izquierda, así, y se lleva la aguja con la mano derecha, de este
modo... Usted ve esta curva prolongada y ligera que se hace..., ¿no
es cierto?

CRISTINA.   No digo que no.

HELMER.   Mientras que hacer media... eso es feo siempre. Vea
usted los brazos pegados al cuerpo... las agujas yendo de abajo arriba
y de arriba abajo... Parece trabajo de chinos... ¡Ah! ¡Qué champaña
tan retozón han servido!

CRISTINA.   ¡Buenas noches, Nora, y no seas terca!

HELMER.   Bien dicho, señora.

CRISTINA.   Buenas noches, señor director.

HELMER.   *(Acompañándola hasta la puerta).* Buenas noches,
buenas noches; supongo que sabrá usted el camino. Yo con mucho

gusto..., pero está tan cerca. ¡Buenas noches, buenas noches! *(Vase Cristina. Helmer cierra la puerta).*

ESCENA III

Helmer y Nora

HELMER.   ¡Gracias a Dios que se ha marchado! Es fastidiosita la mujer.

NORA.   ¿No estás muy cansado, Torvaldo?

HELMER.   No, ni pizca.

NORA.   ¿No tienes sueño tampoco?

HELMER.   Por lo contrario, estoy tan despabilado. Pero, ¿y tú? Es verdad: tú tienes cansancio y sueño.

NORA.   Sí, estoy muy fatigada, y tengo seguridad de que me dormiré enseguida.

HELMER.   ¿Ves cómo tenía razón para no querer estar más tiempo en el baile?

NORA.   Tú tienes siempre razón en todo.

HELMER.   *(Besándola en la frente).* Vamos, la alondra empieza a hablar como un libro. Pero, dime, ¿has observado qué alegre estaba Rank esta noche?

NORA.   ¿Sí? No he tenido ocasión de hablarle.

HELMER.   Yo apenas le he hablado tampoco; pero hace mucho tiempo que no lo veía de tan buen humor. *(La mira un instante y se acerca).* Pero, ¡qué bueno es volverse a encontrar uno en su casa, estar solo contigo...! ¡Oh! ¡Qué hermosa, qué embriagadora mujercita!

NORA.   No me mires de ese modo, Torvaldo.

HELMER.   ¿No he de mirar mi más caro tesoro? ¡Este esplendor que es mío, nada más que mío, completamente mío!

NORA. *(Yéndose al otro lado de la mesa).* No me hables así esta noche.

HELMER. *(Siguiéndola).* Aún te retoza la tarantela en la sangre, según veo, y con eso estás más seductora. ¡Oye! Se van los invitados. *(Bajando la voz).* Nora, pronto quedará la casa en silencio.

NORA. Sí, así lo espero.

HELMER. ¿Verdad, adorada Nora? ¡Oh! Cuando estamos en sociedad como esta noche... ¿Sabes por qué te hablo tan poco, por qué permanezco lejos de ti, limitándome a dirigirte alguna que otra mirada a hurtadillas? ¿Sabes por qué? Pues porque me gusta imaginar que eres mi amor secreto, mi joven, mi misteriosa prometida, y que todos lo ignoran.

NORA. Sí, sí, sí, ya sé que todos tus pensamientos son para mí.

HELMER. Y, al salir, cuando te coloco el chal sobre los hombros, delicados y juveniles, cuando oculto esa nuca maravillosa, me figuro que eres mi joven desposada, que volvemos de la boda, que te traigo por primera vez a mi casa, y que, al fin, vamos a estar solos... ¡Voy a estar solo contigo, con mi tierna beldad temblorosa! Toda esta velada no he hecho otra cosa que suspirar por ti. Cuando te vi hacer como que perseguías, cuando vi tus movimientos provocativos bailando la tarantela... empezó a hervirme la sangre, no pude resistir más y te saqué precipitadamente...

NORA. Vete, Torvaldo. Déjame. No me gusta eso.

HELMER. ¿Cómo se entiende? Tú te burlas de mí, Norita. ¿Que no quieres, dices? ¿No soy tu marido? ¿No eres mi encantadora mujercita?... *(Llaman a la puerta de fuera).*

NORA. *(Estremeciéndose).* ¿Has oído?

HELMER. *(Pasando a la antecámara).* ¿Quién es?

ESCENA IV

Dichos y Rank

RANK. *(Desde dentro).* Soy yo, ¿puedo entrar un momento?

HELMER. *(Malhumorado).* ¿Qué querrá ahora? Espera un poco. *(Va a abrir).* Vamos, es una atención que no pases por nuestra puerta sin llamar.

RANK. Me pareció oír tu voz y se me ha ocurrido entrar un momento. *(Dirigiendo una ojeada en torno suyo).* He aquí el hogar familiar y amado. Vosotros disfrutáis en vuestra casa de paz y bienestar. ¡Qué felices sois!

HELMER. Pues tú también parecía que estabas en el baile muy a gusto.

RANK. Me divertía extraordinariamente. ¿Y por qué no? ¿Por qué no disfrutar de todo en la vida? Al menos mientras y hasta donde se pueda. El vino era exquisito...

HELMER. Sobre todo el champaña.

RANK. ¿Lo has observado tú también? Es increíble lo que he bebido.

NORA. Torvaldo ha tomado mucho champaña esta noche.

RANK. ¿De veras?

NORA. Sí, y eso lo pone siempre tan singular...

RANK. ¡Qué caramba! ¿Por qué no ha de pasarse bien la noche después de un día bien empleado?

HELMER. ¿Bien empleado? Hoy, por desgracia, no puedo alabarme de ello.

RANK. *(Dándole en el hombro).* Pues yo sí, ¿lo oyes?

NORA. Doctor Rank, usted ha debido de estudiar hoy algún caso científico.

RANK. Precisamente.

HELMER. ¡Hombre, hombre; miren ustedes! ¡Norita hablando de casos científicos!

NORA. ¿Y se le puede felicitar por el resultado?

RANK. Sin duda alguna.

NORA. ¿Un éxito?

RANK. El mejor para el médico, lo mismo que para el enfermo: la certidumbre.

NORA. *(Vivamente, dirigiéndole una mirada escudriñadora).* ¿La certidumbre?

RANK. Una certidumbre absoluta. Después de eso, ¿no tenía derecho a pasar alegremente la velada?

NORA. Sí, doctor.

HELMER. Opino lo mismo, siempre que no lo pagues mañana.

RANK. Todo se paga en la vida.

NORA. Doctor..., a usted le deben gustar mucho las máscaras.

RANK. Sí, cuando se ven muchos trajes estrambóticos.

NORA. Díganos: ¿qué disfraz vamos a ponernos la vez primera que nos vistamos de máscara usted y yo?

HELMER. ¡La muy locuela! ¡Pues no está pensando ya en otro baile!

RANK. ¿Usted y yo? Le diré: usted irá de mascota.

HELMER. Bien, pero, a ver, un traje bonito de mascota.

RANK. Tu mujer puede presentarse tal y como la vemos todos los días.

HELMER. ¡Mucho! Pero, ¿y tú? ¿Tienes algún pensamiento respecto a tu disfraz?

RANK. Eso, amigo mío, es cosa resuelta.

HELMER. Sepamos.

Rank.   En el próximo baile de máscaras seré invisible.

Helmer.   ¡Vaya unas bromas!

Rank.   Hay un sombrerazo... ¿Has oído tú hablar de un sombrero que hace invisible a la persona? Se lo pone uno en la cabeza, y nadie lo ve.

Helmer.   *(Reprimiendo la risa).* Bien, bien, tienes razón.

Rank.   Pero olvidaba por completo a qué he venido. Helmer, dame un cigarro, uno de tus habanos negros.

Helmer.   Con mucho gusto. *(Le presenta la cigarrera).*

Rank.   *(Tomando un cigarro y cortando la punta).* ¡Gracias!

Nora.   *(Encendiendo una cerilla).* Permíteme que lo encienda.

Rank.   ¡Gracias! *(Nora acerca la cerilla y él enciende).* Y ahora, ¡adiós!

Helmer.   ¡Adiós, adiós, amigo mío!

Nora.   Que descanse usted, doctor.

Rank.   Agradezco a usted el buen deseo.

Nora.   Pues deséeme otro tanto.

Rank.   ¿A usted? ¡Vaya! Puesto que usted lo quiere. ¡Que duerma usted bien! Y gracias por el fuego. *(Los saluda con un movimiento de cabeza y vase).*

ESCENA FINAL

Helmer y Nora. Después Elena

Helmer.   *(En voz baja).* Ha bebido mucho.

Nora.   *(Distraída).* Es muy posible. *(Helmer saca unas llaves del bolsillo y pasa a la antecámara).*

Nora.   ¿Qué vas a hacer, Torvaldo?

HELMER. Desocupar el buzón; está atestado y no van a caber los periódicos mañana por la mañana...

NORA. ¿Vas a trabajar esta noche?

HELMER. De ningún modo... ¿Qué es esto? Han andado en la cerradura.

NORA. ¿En la cerradura?

HELMER. Es indudable. ¿Qué significa esto? No puedo creer que las muchachas... Aquí hay un trozo de aguja del cabello. Nora, es una de las tuyas.

NORA. *(Con viveza)*. Quizá los niños...

HELMER. Es preciso que les quites esa costumbre. ¡Hum! Vamos, ya está abierto de todos modos. *(Saca el contenido del buzón y llama)*. ¡Elena!... ¡Elena! Apague usted la luz de la entrada. *(Entra con las cartas en la mano y cierra la puerta de la antecámara)*. Mira, ¿ves cuántas? *(Examina los sobres)*. ¿Qué es esto?

NORA. *(En la ventana)*. ¡Esa carta! ¡No, no Torvaldo!

HELMER. Dos tarjetas de visita... de Rank.

NORA. ¿Del doctor?

HELMER. *(Mirándolas)*. Rank, doctor en medicina. Estaban sobre las cartas... las habrá depositado en el buzón al salir.

NORA. ¿Tienen algo escrito?

HELMER. Hay una cruz grande encima del nombre. Mira. ¡Qué broma de tan mal gusto! Es como si diera parte de su muerte.

NORA. Es lo que hace efectivamente.

HELMER. ¿Qué? ¿Qué sabes? ¿Te ha dicho algo?

NORA. Sí. Las tarjetas significan que se ha despedido de nosotros para siempre. Va a encerrarse para morir.

HELMER. ¡Pobre amigo mío! Ya sabía que no había de vivir mucho tiempo; pero tan pronto... Y va a ocultarse como un animal herido.

Nora. Si ha de ocurrir, vale más que sea en silencio. ¿Verdad, Torvaldo?

Helmer. *(Paseando)*. Era como de la familia. No puedo aceptar la idea de su pérdida. Con sus padecimientos y su genio retraído constituía como el fondo de sombra en el cuadro soleado de nuestra felicidad... En fin, quizá sea preferible... Al menos para él. *(Se detiene)*. Y acaso también para nosotros, Nora. Ahora estamos consagrados exclusivamente el uno al otro. *(La abraza)*. ¡Ah, mujercita adorada! Nunca te estrecharé bastante. Mira, Nora... quisiera que te amenazara algún peligro para poder exponer mi vida, para dar mi sangre, para arriesgarlo todo, todo por protegerte.

Nora. *(Desprendiéndose, con voz firme y resuelta)*. Lee las cartas, Torvaldo.

Helmer. No, no, esta noche no... Deseo quedarme contigo, con mi idolatrada mujercita.

Nora. ¿Con la idea de la muerte de tu amigo?...

Helmer. Tienes razón. A los dos nos ha afectado. Se ha interpuesto entre nosotros la idea de la muerte y de la disolución. Tenemos que hacer por olvidarla. Hasta entonces... Nos retiraremos cada uno a nuestro aposento.

Nora. *(Arrojándose a su cuello)*. ¡Buenas noches, Torvaldo... buenas noches!

Helmer. *(Besándola en la frente)*. ¡Buenas noches, avecilla canora! Duerme en paz. Voy a leer las cartas. *(Pasa a su habitación llevándose las cartas y cierra la puerta)*.

Nora. *(Tanteando alrededor de sí, con ojos extraviados, toma el dominó de Helmer y se cubre con él, diciendo con voz breve estertorosa y sacudida)*. ¡No volver a verlo jamás! ¡Jamás, jamás, jamás! ¡Y los niños... no volver a verlos tampoco!... ¡Oh! Aquella agua helada, negra... aquel abismo... aquel abismo sin fondo... ¡Ah! ¡Si siquiera hubiese pasado ya!... Ahora la toma, la lee. No, no, todavía no. ¡Adiós, Torvaldo!... ¡Adiós hijos!

(Se precipita hacia la puerta; pero en el mismo momento Helmer abre violentamente la de su habitación, y aparece con una carta en la mano).

HELMER.   ¡Nora!

NORA.   *(Lanzando un grito penetrante).* ¡Ah!

HELMER.   ¿Qué significa?... ¿Sabes lo que dice esta carta?

NORA.   Sí, lo sé. ¡Deja que me marche! ¡Déjame salir!

HELMER.   *(Deteniéndola).* ¿Dónde vas?

NORA.   *(Tratando de desasirse).* No has de salvarme, Torvaldo.

HELMER.   *(Retrocediendo).* ¡Luego es cierto! ¿Dice verdad esta carta? ¡Horror! No, no es posible, no puede ser.

NORA.   Es la verdad. Te he amado sobre todas las cosas en el mundo.

HELMER.   ¡Eh, dejémonos de tonterías!

NORA.   *(Dando un paso hacia él).* ¡Torvaldo!

HELMER.   ¡Desgraciada! ¿Qué has tenido valor de hacer?

NORA.   Déjame salir. Tú no has de llevar el peso de mi falta, tú no has de responder por mí.

HELMER.   ¡Basta de comedias! *(Cierra la puerta de la antecámara).* Te quedarás ahí y me darás cuenta de tus actos. ¿Comprendes lo que has hecho? Di, ¿lo comprendes?

NORA.   *(Le mira con expresión creciente de rigidez y dice con voz opaca).* Sí, ahora empiezo a comprender la gravedad de las cosas.

HELMER.   *(Paseándose agitado).* ¡Oh, terrible despertar! ¡Durante ocho años... ella, mi alegría y mi orgullo... una hipócrita, una embustera!... Todavía peor; ¡una criminal! ¡Qué abismo de deformidad! ¡Qué horror! *(Deteniéndose ante Nora, que continúa muda y le mira fijamente).* Yo habría debido presentir que iba a ocurrir alguna cosa de esta índole. Habría debido preverlo. Con la ligereza de principios de tu padre... tú has heredado esos principios. ¡Falta de religión, falta de moral, falta de todo sentimiento del deber!... ¡Oh! Bien castigado estoy por haber tendido un velo sobre su conducta. Lo hice por ti y éste es el pago que me das.

NORA.   Sí, éste.

HELMER.   Has destruido mi felicidad, aniquilado mi porvenir. No puedo pensarlo sin estremecerme. Te has puesto a merced de un hombre sin escrúpulos, que puede hacer de mí cuanto le plazca, pedirme lo que quiera, disponer y mandar lo que guste sin que me atreva a respirar. Así, quedaré reducido a la impotencia, echado a pique por la ligereza de una mujer.

NORA.   Cuando yo haya abandonado este mundo, estarás libre.

HELMER.   ¡Ah! Déjate de expresiones huecas. Tu padre tenía también una provisión de ellas. ¿Qué adelantaría yo con que tú abandonaras el mundo, como dices? Nada. A pesar de eso, podría trascender el caso, y quizá se sospechara que yo había sido cómplice de tu criminal acción. Podría creerse que fui el instigador, el que te indujo a hacerlo. Y esto te lo debo a ti; a ti, a quien he llevado en brazos a través de toda nuestra vida conyugal. ¿Comprendes ahora la gravedad de lo que has hecho?

NORA.   *(Tranquila y fría).* Sí.

HELMER.   Esto es tan increíble que no vuelvo de mi asombro; pero hay que tomar un partido. *(Pausa).* Quítate ese dominó. ¡Que te lo quites, digo! *(Pausa).* Tengo que complacerlo de una o de otra manera. Se trata de ahogar el asunto a todo trance. Y en cuanto a nosotros, como si nada hubiese cambiado. Por supuesto, hablo sólo de las apariencias, y, por consiguiente, seguirás viviendo aquí, excusado es decirlo; pero te está prohibido educar a los niños... no me atrevo a confiártelos. ¡Ah, tener que hablar de este modo a quien tanto he amado y a quien todavía...! En fin, todo pasó, no hay más remedio. En lo sucesivo no hay que pensar ya en la felicidad, sino sólo en salvar restos, ruinas, apariencias... *(Llaman a la puerta exterior. Helmer se estremece).* ¿Qué es esto? ¡Tan tarde! ¡Condenación! ¿Será ya...? ¿Habrá ese hombre...? ¡Escóndete, Nora! Di que estás enferma. *(Nora no se mueve. Helmer va a abrir la puerta).*

113

ELENA. *(A medio vestir en la antecámara).* Una carta para la señorita.

HELMER. Démela usted. *(Toma la carta y cierra la puerta).* Sí, es de él; pero no la tendrás. Quiero leerla yo.

NORA. Léela.

HELMER. *(Aproximándose a la lámpara).* Apenas me atrevo. Quizá seamos víctimas uno y otro. No, es preciso que yo lo sepa. *(Abre apresuradamente la carta, recorre algunas líneas, examina un papel adjunto y lanza una exclamación de alegría. ¡Nora! (Nora interroga con la mirada).* ¡Nora!... ¡No, volvamos a leer!... ¡Sí, eso! ¡Estoy salvado! ¡Nora, estoy salvado!

NORA. ¿Y yo?

HELMER. Tú también, naturalmente. Nos hemos salvado los dos. Mira. Te devuelve el recibo. Dice que lamenta, que se arrepiente... un suceso feliz que acaba de cambiar su existencia... ¡eh! Poco importa lo que escribe. ¡Estamos salvados, Nora! Ya nadie puede inferirte el menor daño. ¡Ah! Nora, Nora... no, destruyamos ante todo estas abominaciones. Déjame ver... *(Dirige una mirada al recibo).* No, no quiero ya ver nada; supondré que he tenido una pesadilla y se acabó. *(Rompe las dos cartas y el recibo, lo arroja todo a la chimenea y contempla cómo arden los pedazos).* ¡Ea! Todo ha desaparecido. Te decía que desde la víspera de Navidad tú... ¡Oh! ¡Qué tres días de prueba has debido de pasar, Nora!

NORA. Durante estos tres días he sostenido una lucha violenta.

HELMER. Y te has desesperado; no veías más camino que... Olvidaremos por completo todos estos sinsabores. Vamos a celebrar nuestra liberación repitiendo continuamente: se ha concluido, se ha concluido. Pero óyeme, Nora; parece que no comprendes: se ha concluido. ¡Vamos! ¿Qué significa esa seriedad? ¡Oh!, pobrecilla Nora, ya comprendo... No aciertas a creer que te perdono. Pues créelo, Nora; te lo juro; estás completamente perdonada. Sé bien que todo lo hiciste por amor a mí.

NORA. Es verdad.

HELMER.   Me has amado como una buena esposa debe amar a su marido; pero flaqueabas en la elección de los medios. ¿Crees tú que te quiero menos porque no puedas guiarte a ti misma? No, no; confía en mí; no te faltará ayuda y dirección. No sería yo hombre si tu capacidad de mujer no te hiciera doblemente seductora a mis ojos. Olvida los reproches que te dirigí en los primeros momentos de terror, cuando creía que todo iba a desplomarse sobre mí. Te he perdonado, Nora; te juro que te he perdonado.

NORA.   ¡Gracias por el perdón! *(Vase por la puerta de la derecha).*

HELMER.   No, quédate aquí... *(La sigue con los ojos).* ¿Por qué te diriges a la alcoba?

NORA.   *(Dentro).* Voy a quitarme el traje de máscara.

HELMER.   *(Cerca de la puerta, que ha quedado abierta).* Bien, descansa, procura tranquilizarte, reponerte de esta alarma, pajarillo azorado. Reposa en paz, yo tengo grandes alas para cobijarte. *(Andando sin alejarse de la puerta).* ¡Oh, qué tranquilo y delicioso hogar el nuestro, Nora! Aquí estás segura; te guardaré como si fueras una paloma recogida por mí después de sacarla sana y salva de las garras del buitre. Sabré tranquilizar tu pobre corazón palpitante. Lo conseguiré poco a poco; créeme, Nora. Mañana verás todo de otra manera. Todo seguirá como antes. No necesitaré decirte a cada momento que te he perdonado, porque tú misma lo comprenderás indudablemente. ¿Cómo puedes creer que vaya a rechazarte ni a hacer cargos siquiera? ¡Ah!, tú no sabes lo que es un corazón que ama, Nora. ¡Es tan dulce, es tan grato para la conciencia de un hombre perdonar sinceramente! No es ya su esposa lo único que ve en el ser perdonado, sino también su hija. Así te trataré en el porvenir, criatura extraviada, sin brújula. No te preocupes de nada, Nora, sé franca conmigo nada más y yo seré tu voluntad y tu conciencia. ¡Calla! ¿No te has acostado? ¿Te has vuelto a vestir?

NORA.   *(Con su ropa de diario).* Sí, Torvaldo, he vuelto a vestirme.

HELMER.   ¿Y para qué?

NORA.   No pienso dormir esta noche.

HELMER. Pero, querida Nora...

NORA. *(Mirando el reloj)*. No es tarde todavía. Siéntate. Torvaldo; tenemos que hablar. *(Siéntase junto a la mesa)*.

HELMER. Nora..., ¿qué significa eso? ¿Por qué estás tan seria?

NORA. Siéntate. La conversación será larga. Tenemos mucho que decirnos.

HELMER. *(Sentándose frente a ella)*. Me tienes intranquilo, Nora. No te comprendo.

NORA. Dices bien; no me comprendes. Ni yo tampoco te he comprendido a ti hasta... esta noche. No me interrumpas. Oye lo que te digo... Tenemos que ajustar nuestras cuentas.

HELMER. ¿En qué sentido?

NORA. *(Después de una pausa)*. Estamos uno frente al otro. ¿No te llama la atención una cosa?

HELMER. ¿Qué quieres decir?

NORA. Hace ocho años que nos casamos. Reflexiona un momento: ¿no es ahora la vez primera que nosotros dos, marido y mujer, hablamos a solas seriamente?

HELMER. Seriamente, sí... pero, ¿qué?

NORA. Ocho años han pasado... y más todavía desde que nos conocemos, y jamás se ha cruzado entre nosotros una palabra seria respecto a un asunto grave.

HELMER. ¿Iba a hacerte partícipe de mis preocupaciones, sabiendo que no podías quitármelas?

NORA. No hablo de preocupaciones. Lo que quiero decir es que jamás ni en nada hemos tratado de mirar en común al fondo de las cosas.

HELMER. Pero sepamos, querida Nora, ¿era esa ocupación a propósito para ti?

116

Nora.   ¡Éste es precisamente el caso! Tú no me has comprendido nunca... Habéis sido muy injustos conmigo, papá primero, y tú después.

Helmer.   ¿Qué? ¡Nosotros dos...! Pero, ¿hay alguien que te haya amado más que nosotros?

Nora.   *(Moviendo la cabeza)*. Jamás me amasteis. Os parecía agradable estar en adoración delante de mí, ni más ni menos.

Helmer.   Vamos a ver, Nora, ¿qué significa este lenguaje?

Nora.   Lo que te digo, Torvaldo. Cuando estaba al lado de papá, él me exponía sus ideas, y yo las seguía. Si tenía otras distintas, las ocultaba; porque no le hubiera gustado. Me llamaba su muñequita, y jugaba conmigo como yo con mis muñecas. Después vine a tu casa...

Helmer.   Empleas unas frases singulares para hablar de nuestro matrimonio.

Nora.   *(Sin variar de tono)*. Quiero decir que de manos de papá pasé a las tuyas. Tú lo arreglaste todo a tu gusto, y yo participaba de tu gusto, o lo daba a entender; no puedo asegurarlo, quizá lo uno y lo otro. Ahora, mirando hacia atrás, me parece que he vivido aquí como los pobres... al día. He vivido de las piruetas que hacía para recrearte, Torvaldo. Pero entraba eso en tus fines. Tú y papá habéis sido muy culpables conmigo, y vosotros tenéis la culpa de que yo no sirva para nada.

Helmer.   Eres incomprensible, Nora; incomprensible e ingrata. ¿No has sido feliz a mi lado?

Nora.   ¡No! Creía serlo, pero no lo he sido jamás.

Helmer.   ¡Que no... que no has sido feliz!

Nora.   No: estaba alegre, y nada más. Eras amable conmigo...; pero nuestra casa sólo era un salón de recreo. He sido muñeca grande en tu casa, como fui muñeca pequeña en casa de papá. Y nuestros hijos, a su vez, han sido mis muñecas. A mí me hacía gracia verte jugar conmigo, como a los niños les divertía verme jugar con ellos. Esto es lo que ha sido nuestra unión, Torvaldo.

HELMER.   Hay algo de cierto en lo que dices... aunque exageras mucho. Pero, en lo sucesivo, cambiará todo. Ha pasado el tiempo de recreo; ahora viene el de la educación.

NORA.   ¿La educación de quién? ¿La mía o la de los niños?

HELMER.   La tuya y la de los niños, querida Nora.

NORA.   ¡Ay, Torvaldo! No eres capaz de educarme, de hacer de mí la verdadera esposa que necesitas.

HELMER.   ¿Y eres tú quien lo dice?

NORA.   Y en cuanto a mí... ¿Qué preparación tengo para educar a los niños?

HELMER.   ¡Nora!

NORA.   ¿No lo has dicho tú hace poco?... ¿No has dicho que es una tarea que no te atreves a confiarme?

HELMER.   Lo he dicho en un momento de irritación. ¿Ahora vas a hacer hincapié en eso?

NORA.   ¡Dios mío! Lo dijiste bien claramente. Es una tarea superior a mis fuerzas. Hay otra a que debo atender desde luego, y quiero pensar ante todo, en educarme a mí misma. Tú no eres hombre capaz de facilitarme este trabajo, y necesito emprenderlo yo sola. Por eso voy a dejarte.

HELMER.   *(Levantándose de un salto).* ¡Qué! ¿Qué dices?

NORA.   Necesito estar sola para estudiarme a mí misma y cuanto me rodea; así es que no puedo permanecer a tu lado.

HELMER.   ¡Nora! ¡Nora!

NORA.   Quiero marcharme enseguida. No me faltará albergue para esta noche en casa de Cristina.

HELMER.   ¡Has perdido el juicio! No tienes derecho a marcharte. Te lo prohíbo.

NORA.   Tú no puedes prohibirme nada de aquí en adelante. Me llevo todo lo mío. De ti no quiero recibir nada ni ahora ni nunca.

HELMER.   Pero, ¿qué locura es ésa?

NORA.   Mañana salgo para mi país... Allí podré vivir mejor.

HELMER.   ¡Qué ciega estás, pobre criatura sin experiencia!

NORA.   Ya procuraré adquirir experiencia, Torvaldo.

HELMER.   ¡Abandonar tu hogar, tu esposo, tus hijos!... ¿No piensas en lo que se dirá?

NORA.   No puedo pensar en esas pequeñeces. Sólo sé que para mí es indispensable.

HELMER.   ¡Ah! ¡Es irritante! ¿De modo que faltarás a los deberes más sagrados?

NORA.   ¿A qué llamas tú mis deberes más sagrados?

HELMER.   ¿Necesitas que te lo diga? ¿No son tus deberes para con tu marido y tus hijos?

NORA.   Tengo otros no menos sagrados.

HELMER.   No los tienes. ¿Qué deberes son ésos?

NORA.   Mis deberes para conmigo misma.

HELMER.   Antes que nada, eres esposa y madre.

NORA.   No creo ya en eso. Ante todo soy un ser humano con los mismos títulos que tú... o, por lo menos, debo tratar de serlo. Sé que la mayoría de los hombres te darán la razón, Torvaldo, y que esas ideas están impresas en los libros; pero ahora no puedo pensar en lo que dicen los hombres y en lo que se imprime en los libros. Necesito formarme mi idea respecto a esto y procurar darme cuenta de todo.

HELMER.   ¡Qué! ¿No comprendes cuál es tu puesto en el hogar? ¿No tienes un guía infalible en estas cuestiones? ¿No tienes la religión?

NORA.   ¡Ay, Torvaldo! No sé a punto fijo qué es la religión.

HELMER.   ¿Que no sabes qué es?

Nora.   Sólo sé lo que me dijo el pastor Hansen al prepararme para la confirmación. La religión es esto, aquello y lo de más allá. Cuando esté sola y libre, examinaré esa cuestión como una de tantas, y veré si el pastor decía la verdad, o, por lo menos, si lo que me dijo era verdad respecto a mí.

Helmer.   ¡Oh! ¡Es inaudito en una mujer tan joven! Pero, si no puede guiarte la religión, déjame al menos sondear tu conciencia. Porque, ¿supongo que tendrás al menos sentido moral?, ¿o es que también te falta? Responde.

Nora.   ¿Qué quieres, Torvaldo? Me es difícil contestarte. Lo ignoro. No veo claro nada de eso. No sé más que una cosa y es: que mis ideas son completamente distintas de las tuyas; que las leyes no son las que yo creía; y, en cuanto a que esas leyes sean justas, no me cabe en la cabeza. ¡No tener derecho una mujer a evitar una preocupación a su padre anciano y moribundo, ni a salvar la vida a su esposo! ¡Eso no es posible!

Helmer.   Hablas como una chiquilla. No comprendes nada de la sociedad de que formas parte.

Nora.   No, no comprendo nada; pero quiero comprenderlo y averiguar de parte de quién está la razón: si de la sociedad o de mí.

Helmer.   Tú estás enferma, Nora; tienes fiebre, y hasta casi creo que no estás en tu juicio.

Nora.   Por lo contrario, esta noche estoy más despejada y segura de mí que nunca.

Helmer.   ¿Y con esa seguridad y esa lucidez abandonas a tu marido y a tus hijos?

Nora.   Sí.

Helmer.   Eso no tiene más que una explicación.

Nora.   ¿Qué explicación?

Helmer.   ¡Ya no me amas!

Nora.   Así es; en efecto, ésa es la razón de todo.

HELMER.   ¡Nora!... ¿Y me lo dices?

NORA.   Lo siento, Torvaldo, porque has sido siempre bueno conmigo... Pero, ¿qué he de hacerle? No te amo ya.

HELMER.   *(Esforzándose por permanecer sereno).* De eso, por supuesto, ¿también estás completamente convencida?

NORA.   Absolutamente. Y por eso no quiero estar más aquí.

HELMER.   ¿Y puedes explicarme cómo he perdido tu amor?

NORA.   Muy sencillo. Ha sido esta misma noche, al ver que no se realizaba el prodigio esperado. Entonces he comprendido que no eras el hombre que yo creía.

HELMER.   Explícate. No entiendo...

NORA.   Durante ocho años he esperado con paciencia, porque sabía de sobra, Dios mío, que los prodigios no son cosas que ocurren diariamente. Llegó al fin el momento de angustia, y me dije con certidumbre: ahora va a realizarse el prodigio. Mientras la carta de Krogstad estuvo en el buzón, no creí ni por un momento que pudieras doblegarte a las exigencias de ese hombre, sino que, por lo contrario, le dirías: vaya usted a pregonarlo todo. Y cuando eso hubiera ocurrido...

HELMER.   ¡Ah, sí!... ¿Cuando yo hubiese entregado a mi esposa a la vergüenza y al menosprecio?...

NORA.   Cuando eso hubiera ocurrido, yo estaba completamente segura de que responderías de todo, diciendo: yo soy culpable.

HELMER.   ¡Nora!

NORA.   Vas a decir que yo no hubiera aceptado semejante sacrificio. Es cierto. Pero, ¿de qué hubiese servido mi afirmación al lado de la tuya?... ¡Pues bien! Ése era el prodigio que esperaba con terror; y, para evitarlo, iba a morir.

HELMER.   Nora, con placer hubiese trabajado por ti día y noche, y hubiese soportado toda clase de privaciones y de penalidades; pero no hay nadie que ofrezca la honra por el ser amado.

NORA.   Lo han hecho millares de mujeres.

121

HELMER.   ¡Eh! Discurres como una niña, y hablas del mismo modo.

NORA.   Es posible; pero tú no piensas ni hablas como el hombre a quien yo puedo seguir. Ya tranquilizado, no en cuanto al peligro que me amenaza, sino al que corrías tú... todo lo olvidaste, y vuelvo a ser tu avecilla canora, la muñequita que estabas dispuesto a llevar en brazos como antes, y con más precauciones que nunca al descubrir que soy más frágil. *(Levantándose).* Escucha, Torvaldo, en aquel momento me pareció que había vivido ocho años en esta casa con un extraño, y que había tenido tres hijos con él... ¡Ah! ¡No quiero pensarlo siquiera! Tengo tentaciones de desgarrarme a mí misma en mil pedazos.

HELMER.   *(Sordamente).* Lo comprendo, ¡ay!, el hecho es indudable. Se ha abierto entre nosotros un abismo. Pero di si no puede colmarse, Nora.

NORA.   Como yo soy ahora, no puedo ser tu esposa.

HELMER.   No puedo transformarme.

NORA.   Quizá... si te quitan tu muñeca.

HELMER.   ¡Separarme... separarme de ti! No, no, Nora, no puedo resignarme a la separación.

NORA.   *(Dirigiéndose hacia la puerta de la derecha).* Razón de más para concluir. *(Vase y vuelve con el abrigo, el sombrero y un pequeño saco de viaje, que deja sobre una silla cerca del velador).*

HELMER.   Nora, todavía no, todavía no. Espera a mañana.

NORA.   *(Poniéndose el abrigo).* No puedo pasar la noche bajo el techo de un extraño.

HELMER.   ¿Pero no podemos seguir viviendo juntos como hermanos?

NORA.   *(Poniéndose el sombrero).* Semejante género de vida no duraría mucho. *(Poniéndose el chal sobre los hombros).* Adiós, Torvaldo. No quiero ver a los niños. Sé que están en mejores manos que las mías. En mi situación actual... no puedo ser una madre para ellos.

HELMER.   Pero, ¿algún día, Nora... un día?

NORA.   Nada puedo decirte, porque ignoro lo que será de mí.

HELMER.   Pero, sea de ti lo que quiera, eres mi esposa.

NORA.   Cuando una mujer abandona el domicilio conyugal, como yo lo abandono, las leyes, según dicen, eximen al marido de toda obligación respecto a ella. De cualquier modo te eximo, porque no es justo que tú quedes encadenado, no estándolo yo. Absoluta libertad por ambas partes. Toma, aquí tienes tu anillo. Devuélveme el mío.

HELMER.   ¿También eso?

NORA.   Sí.

HELMER.   Toma.

NORA.   Gracias. Ahora todo ha concluido. Ahí dejo las llaves. En lo que respecta a la casa, la doncella está enterada de todo... mejor que yo, mañana, después de mi marcha, vendrá Cristina a guardar en un baúl cuanto traje al venir aquí, pues deseo que se me envíe.

HELMER.   ¡Todo ha concluido! ¿No pensarás en mí jamás, Nora?

NORA.   Seguramente que pensaré con frecuencia en ti, y en los niños, y en la casa.

HELMER.   ¿Puedo escribirte, Nora?

NORA.   ¡No, jamás! Te lo prohíbo.

HELMER.   ¡Oh! Pero puedo enviarte...

NORA.   Nada, nada.

HELMER.   Ayudarte, si lo necesitas.

NORA.   ¡No! No puedo aceptar nada de un extraño.

HELMER.   Nora... ¿ya no seré más que un extraño para ti?

NORA.   *(Tomando el saco de viaje).* ¡Ah, Torvaldo! Se necesitaría que se realizara el mayor de los prodigios.

HELMER.   Di cuál.

123

NORA.   Necesitaríamos transformarnos los dos hasta el extremo de... ¡Ay, Torvaldo! No creo ya en los prodigios.

HELMER.   Pues yo sí quiero creer. Di: ¿deberíamos transformarnos los dos hasta el extremo de...?

NORA.   Hasta el extremo de que nuestra unión fuera un verdadero matrimonio. ¡Adiós! *(Se oye cerrar la puerta de la casa).*

HELMER.   *(Dejándose caer en una silla cerca de la puerta y ocultándose el rostro con las manos).* ¡Nora, Nora! *(Levanta la cabeza y mira en derredor suyo).* ¡Se ha ido! ¡No verla más!... *(Con vislumbre de esperanza).* ¡El mayor de los prodigios!... *(Vase).*

TELÓN

ÍNDICE